想い星　茶屋「蒲公英《たんぽぽ》」の料理帖　目次

第一話　草鞋《わらじ》と錦絵　5

第二話　空蟬《うつせみ》の証《あかし》　81

第三話　夕立ちの空　135

第四話　煮物を作る日　189

第五話　想い星　241

第一話　草鞋《わらじ》と錦絵

水無月《みなづき》（六月）に入ると、気温はうなぎのぼりになった。

盛夏ほどの暑さではないものの、梅雨《つゆ》明けのこの時期は湿度も高く、体にこたえる。

「おさゆさんのお茶を飲むと、暑さが和《やわ》らぐような気がするよ」

その朝、乾物問屋の隠居・伊兵衛《いへえ》がお茶を一口含むと、柔らかな表情でいった。

隣に座った小間物屋《こまものや》「糸屋《いと》」の隠居・ふくがうなずく。

「体も気持ちも整うようでね。……毎朝、ここでお茶を飲むようになって、私、だいぶ調子がよくなったみたい」

さゆが営む『蒲公英《たんぽぽ》』は、本小田原町《ほんおだわらちょう》の表通りに面した小さな茶店だ。土間仕立《どまじた》てで、広さは八畳ほど。左奥には台がしつらえられており、火鉢《ひばち》がふたつ並んでいる。引き出しのある袖机《そでつくえ》を一体化させた長四角の火鉢には五徳《ごとく》がふたつあり、団子《だんご》の注文が入れば網をかけたほうで焼き、もうひとつの五徳には小鍋をかけてたれを温める。隣の小さな丸火鉢には鉄瓶がかけられている。そこはさゆが団子を焼いたりお茶を淹《い》れたりする一角だった。

伊兵衛とふくは、その前に置かれた長い腰掛に並んで座っていた。

腰掛の上にはイグサで編《あ》んだ座布団《ざぶとん》が、間に湯呑《ゆのみ》や団子の皿をのせた小盆をおいてもゆったり座れる間合いで並べられている。店の前にも長椅子がふたつばかり出してあった。

ちりんと風鈴《ふうりん》の軽い音が、奥のほうから聞こえ、ふくは目を細めた。

「すっかり夏仕立てだねぇ」

風鈴は、店の奥、茶の間の縁側から響いていた。以前は茶の間と店の間を障子《しょうじ》で仕切っていたが、先日、すだれをはめこんだ夏障子に替えた。夏障子は適度な目隠しの役目も果たしつつ、風をよく通す。

入り口に立てかけたよしずのおかげで、日差しが店の中に差し込まない。外の長椅子の脇にもよしずをたて、客が陽を避《さ》けられるように工夫していた。

「もう一服いかがですか」

「いただくよ」

「私もお願いするわ」

伊兵衛はまろやかな味わいの茶が好きなので、一煎《せん》目はぬるめの湯を急須に注《そそ》いだあと、少し休ませてから湯呑に注ぐ。さゆは二煎目を、一煎目よりも休ませる時間を短くして淹れた。

一方、ふくは、適度な渋みとさわやかな香りのさっぱりした茶が好みなので、伊兵衛のものよりやや熱めの湯を急須に入れ、あまり間をおかずに湯呑に注ぐ。

薬缶《やかん》に湯と茶葉をいれっぱなしにしたお茶を出す茶店が多い中、蒲公英ではひとりにひとつの急須で、客の好みに合わせてお茶を淹れる。こんなやりかたをしているのは江戸広《えど》しといえど、ここ蒲公英くらいだろう。それが功《こう》を奏《そう》して、お茶好きの馴染《なじ》み客も増えていた。

二煎目の茶を口に含み、伊兵衛はさゆを見た。

「この店をはじめて何か月になったかね」

「おかげさまで三月めに入りました」

さゆは鉄瓶に水を足すと、台の後ろの床几《しょうぎ》に腰を下ろした。半白《はんぱく》の頭に翡翠《ひすい》のかんざしをひとつさしている。

「この分なら店も続きそうだね。味がいいと評判になってるし」

実はすぐに店が立ち行かなくなるんじゃないかと心配していたと、伊兵衛は続ける。

「表通りに面していても、この場所は店の入れ替わりが激しくてね。ざるを売ってた店は年中閑古鳥《かんこどり》が鳴いていたし、その前のせんべい屋は、半年もたたないうちに店を閉じた」

「その前は確か、筆屋だったわよね」

「ありゃ、夜逃げだったな」

初耳だった。そんないわくつきの場所だったのかと、さゆの丸い目がさらに丸くなる。

表長屋にもかかわらず、裏長屋とそれほど変わらない店賃《たなちん》で借りられたのは、験《げん》を担《かつ》ぐ者も多い江戸で、そんな事情もあってのことだったのかもしれない。

伊兵衛は団子をほおばった。とろりと甘じょっぱいたれがかかっているみたらし団子だ。

「うまい。うまいが、出すのは団子とお茶だけ。若い娘がいるわけでもないし」

「若い娘どころの話ではございませんね」

さゆは苦笑した。笑うと、目じりの皺《しわ》が深くなる。

「でも今じゃ、ここでお茶を飲まないと一日が始まらない」

「ほんと。おさゆさんのお茶と団子に、すっかり飼い馴らされちまった」

ふくがおどけるようにいう。さゆは手を膝《ひざ》におき、頭を軽く下げた。

「ご贔屓《ひいき》いただき、ありがとうございます」

伊兵衛とふくは幼馴染《おさななじみ》だったという。だが、商売がそれぞれ忙しく、長い間話すことさえなかった。それが蒲公英が開店してから、毎朝、ここで会うようになり、今では息の合った茶飲み友だちだ。

ふたりは毎朝やってきては団子を食べ、お茶を飲み、おしゃべりに興《きょう》じる。

さゆはその話を聞くともなしに聞いている。

客の話の中には入らない。巻き込まれない。黒子《くろこ》に徹し、客とは適度な距離を保つ。それがこの店をはじめたときに、さゆが心に決めたことだった。

ふたりは堀切《ほりきり》の花菖蒲《はなしょうぶ》の話をしはじめた。田んぼや畑が広がる堀切の辺りは、花卉《かき》の栽培地として知られているが、中でも菖蒲で有名だった。この時期、びっしりと密植された菖蒲が千紫万紅《せんしばんこう》の花を咲かせる。

花があれば集まって、飲めや歌えをせずにはいられない江戸者はこの時期、こぞって堀切を目指す。

さゆが菖蒲を見に行ったのはいつだったか。ちょっと前のような気もするが、十年もたっていることに気づき、さゆはそっと肩をすくめた。

あのときも美恵《みえ》のお供《とも》で堀切まで出かけたのだ。

美恵は勘定吟味役《かんじょうぎんみやく》、佐渡奉行《さどぶぎょう》、下田《しもだ》奉行を歴任した旗本《はたもと》・池田峯高《いけだみねたか》のご新造《しんぞう》様で、さゆは十五歳から四十年間、そのおそば付き女中《じょちゅう》として仕《つか》えた。

美恵が亡くなり、実家の薬種問屋《やくしゅどんや》「いわし屋」に戻ったのは、十か月前のことだった。

兄夫婦はとっくに根津《ねづ》に隠居しており、店も家も甥《おい》夫婦の代となっていた。さゆはかつて兄たちが暮らした実家内の隠居所に住みはじめたものの、上げ膳据《ぜんす》え膳の暮らしにあきたらず、三月前に一念発起《いちねんほっき》して、実家を出て、この茶店を開いたのだった。

るりが餅《もち》箱を運んできた。楢《なら》の木で作った間口二尺、奥行一尺《しゃく》、高さ三寸《すん》ほどの箱で、中には串《くし》にさした団子が並べられている。

「おるりちゃん、おはよう」

「精が出るね」

「……おはようございます」

伊兵衛たちから声をかけられ、るりは首をすくめるようにして挨拶《あいさつ》を返した。

本来、店の者からお客に挨拶をするのが筋《すじ》だが、それができないのがるりだった。

るりは隣町・本松町《ほんまつちょう》の下駄《げた》屋の娘で、出戻りである。子ができないことを理由に嫁《とつ》ぎ先が、愛想がまるでないるりを追い返したともっぱらの評判だった。実家に帰ったものの、そこにもるりの居場所がなく、今も肩身の狭《せま》い思いをしている。

お茶の稽古《けいこ》でるりと一緒だった小夏《こなつ》がさゆに紹介し、先月から午前中だけ蒲公英で手伝いを頼んでいる。

働きぶりは生真面目《きまじめ》そのものだが、るりは、さゆがあきれるほどそっけなく愛《あい》嬌《きょう》もない。

けれど、ひょんなことからおかみの人相書きの手伝いをすることになり、それからたまに笑顔も見せるようになった。るりにとって、絵を描くことは唯一、我を忘れるほど夢中になれることのようだった。

笑顔がのぞくようになったといっても以前と比べればの話で、るりのぶっきらぼうな受け答えに白ける新規の客もいまだに少なくない。

そのとき通りから、バタバタと足音が聞こえた。

「泥棒！　誰か捕まえておくれ。その娘を」

隣の木戸番《きどばん》の女房・民《たみ》の金切り声が続く。

慌てて外に出ると、民が肩で息をしながら向こうから戻ってくるところだった。

「逃げられちまった」

民は小太りの体を震わせ、地団駄《じだんだ》踏んで悔しがっている。番太郎《ばんたろう》の佐吉《さきち》との間に子はないが、夫婦仲はむつまじい。民は少ない番太郎の給金の足しにするために、草鞋《わらじ》や鼻紙、子どもが喜ぶ駄菓子《だがし》などを番小屋に細々《こまごま》と並べていた。

たちまち、民は人に取り囲まれた。伊兵衛やふく、るりまでもが店から興味津々という面持ちで、飛び出している。何か起きれば騒がずにいられないのが江戸者だ。

「万引き？」

「草鞋をやられちまった。……ああ、悔しい。あの小娘、今度見つけたら、ただじゃ置かない」

「草鞋を、娘が？」

「どんな娘だ？」

「まだ年端も行かないような。おとなしそうな顔をして、だからついうっかりしちまって」

　さゆは首をかしげた。

　草鞋は旅人には欠かせない履物《はきもの》だ。駕籠《かご》かき、大八車《だいはちぐるま》の引手、飛脚《ひきゃく》にもなくてはならない。足裏に密着し、ふんばることができるので、草引きや畑仕事のときにも重宝する。

　だが、実用一点張り、それも一足十二文《もん》（約三百円）の、いってみれば安価な、使い捨ての、おもしろくもなんにもない草鞋なんかを、若い娘が盗むものだろうか。

「草鞋一足ですんでよかったじゃねえか」

「だな。厄払《やくばら》いと思うこったな」

　野次馬《やじうま》が勝手なことをいいはじめた。民はきっと顔をあげた。

「一足でも、惜《お》しいんだよ。うちの草鞋は履き心地が違うんだから。あたしが鼻緒を具合よくしているんだ。足に吸い付くって評判なんだよ。嘘だと思ったら、一度履いてごらんよ」

「よし。おいらに一足おくれ」

「おいらも試してみようじゃねえか」

「あたしにも」

たちまち、番小屋の前に行列ができた。笑顔が戻った民に、さゆはそっと耳打ちした。

「災い転じて福となす、ね。これでお民さんの草鞋の贔屓が増えるわよ」

さゆが店に戻るのと同時に、小夏が入ってきた。

小夏は娘時代、さゆとお針と書の稽古が一緒だった。すらっと背が高いさゆに比べ、背はぐんと低く、近頃、とみにふっくらとしてきた。子どものころから小粒でもぴりりと辛い山椒《さんしょう》みたいな怖いもの知らずで、大きな孫がぞろぞろいる今でもよく通る声には活気がある。

「いやだねぇ。万引きだって。若い娘が番小屋の草鞋なんかをとっていくなんて初めて聞いた」

団子とお茶を注文すると、小夏はふくの隣にどんと腰をかけてつぶやいた。

小夏は本小田原町の隣町、瀬戸物町《せともちょう》の蠟燭《ろうそく》問屋「山城屋《やましろ》」の家付き娘で、亭主を見送り、店を息子に譲った今は悠々自適の暮らしを楽しんでいる。

さゆが茶店を開くと決めた時に、真っ先に相談したのが小夏だった。小夏はこの年齢で茶店をやるというさゆにあきれつつ、木戸番の隣のこの表長屋を見つけてくれ、店を開いてからはほぼ毎日、顔を出す。

「まったくだよ。つかまるかもしれないのに、そんな安いものをとるなんて、割に合わないじゃないか」

ふくが小夏に相槌《あいづち》を打った。伊兵衛が腕を組む。

「せっかくなら、もっと値の張るものを狙えばいいものを」

「せっかくならって、伊兵衛さんたら」

ふくが眉《まゆ》を八の字にして苦笑した。伊兵衛が小鼻の横を指でかく。

「万引きする側にしたらそうだろ。おふくさんの店でも万引きはあるんじゃねえのか」

「そりゃありますよ。うちみたいな商売には万引きはつきものだもの」

小間物屋は、櫛《くし》や笄《こうがい》、かんざしなどの髪飾りや、白粉《おしろい》、紅《べに》、椿油などの化粧品、塗りものの器やめがね、袋物や煙草《たばこ》入れなど、こまごまとした日用品を商っている。

「かんざしなんかとられたら大損だな」

「よく狙われるのが、そのかんざしや笄なんですよ。金に換えられる、値のはるものをとるのが、万引きの常道だから」

ふくはこれまでにつかまえた万引き犯の話をしはじめた。紅を万引きした七十代の男、鼈甲《べっこう》の笄を袖の中に入れた四十代の女、袋物をわしづかみにして店から走って出て行こうとした十代の娘……。

「中でも忘れられないのは、お金に困っていたわけでも、買えないわけでもないのに万引きを繰り返した女だよ」

二年ほど前、ふくの店の近所で万引きが頻発《ひんぱつ》したという。水菓子屋の柿、箸《はし》屋の塗り箸、筆屋では小筆と墨《すみ》、袋物屋では絞生地《しぼりきじ》の巾着《きんちゃく》が、下駄屋では天鵞絨《ビロード》の鼻緒などが次々に盗まれた。

——やられたよ。うちも。

——うちもだ。悔しいったらありゃしない。

そんな会話が奉公人《ほうこうにん》同士で交わされ、どの店でも気をはっていたのに、万引きは

一向に減る気配がなく、犯人もつかまらない。

ふくの店「糸屋」でも、商品の数が揃《そろ》わなくなり、隠居したふくまでもが、店の

見張りのために店番に駆り出される始末だった。

その女をつかまえたのは、ふくだった。

「四十手前の武家の女だった。店の前に供の女中を待たせて、中に入ってくると、

売り物の爪切り用のはさみを手に取り、するっと手の中に隠したんだ。と思うや、

手代《てだい》を呼び、浅草紙《あさくさがみ》をつけて買い、何食わぬ顔で店から出て行こうとしたんだよ」

「武家の女が？　そりゃやっかいだ」

「見過ごすわけにはいかない。私は声をかけましたよ」

——ちょっとお待ちください。手の中のものをお見せいただけませんか。

――私が何を。

――お見せ下さいませ。手を開けばすむことです。何もなければ、それですみますので。

――町人の分際で、この私に向かって無礼な……。

「女は怒って、ぶるぶると体をふるわせ、おそろしいような形相《ぎようそう》で私をにらんで……そのとき、手からぽとんとはさみが落ちたんだ」

それでも女の居丈高《いたけだか》なふるまいは崩れなかった。

――それ、お買い上げいただいておりませんね。

――これもつけておくようにと、私はいいましたよ。聞いてない？　それはそちらの落ち度でございましょう。

そういって、店を出て行こうとした女を、ふくがなおも止めようとすると、女は胸の懐剣《かいけん》に手を伸ばし、「これ以上あれこれいうなら、こちらにも覚悟がございます」とすごんだ。

「遠回しに万引きを認めたってことね、その女が」

小夏がつぶやく。ふくがうなずいた。

「で、どうしたの？」

「そのままだよ。相手は武家、盗られたのが爪切りばさみじゃ、おかみに訴えてもしかたがないもの。下手に岡《おか》っ引《ぴ》きの世話になったりしたら、よけい面倒なことになっちまうし」

だがもちろんのこと、その女がどこの誰かは、たちまち近所に広まった。勘定《かんじょう》方《がた》の下役《したやく》の侍の女房で、近所の店にも軒並《のきな》み出入りしていた。どの店でも、つけで買う馴染み客だったのだ。そして次のひと月の間に、女は三軒の店で万引きをしてつかまった。

「おふくさんとこでばれちまったのに、懲《こ》りずに近くの店で万引きを続けたっていうの？」

「たまげるよね。いくらなんでも、ほとぼりが冷めるのを待つために日にちをおくとか、遠くの町の店に行くとかするもんだろ」

「普通じゃないな」

伊兵衛が腕を組んだ。

「で、どうなったのよ、その万引き女」

「人の口に戸はたてられないでしょ。町の人から親戚の耳に入り、大騒ぎになって、離縁になったとか座敷牢《ざしきろう》に入れられたとか。万引きはやんでほっとしたけど、後味の悪い話だったよ」

その女は万引きという病《やまい》にかかっていたのかもしれないと、さゆは思った。以前、池田家に奉公していた時に、同じような女に会ったことがある。

峯高の配下の女房で、美恵がその女を呼び出したときにさゆも同席したのだった。

舅《しゅうと》は寝たきり、姑《しゅうとめ》はぼけかけて、亭主は仕事にかこつけて家のことは知らんぷり、子どもは手を離れて……憂《う》さ晴らしに万引きを始め、うまくいったときの快感が忘れられず、やめられなくなったと女は泣いた。悪いとわかっていても、勝手に手が動くのだ、と。

離縁された後も女は万引きを続け、ついには田舎《いなか》に住む遠縁の家に押し込められたということだった。

そのとき、ひと仕事を終えた職人たちが入ってきた。

「団子を二本」

「こっちは三本」

それを機に小夏たちは代金をおき、腰をあげた。

「ご馳走《ちそう》様」

「ありがとうございました。またお待ちしております」

蒲公英では、お茶が六文（約百五十円）、団子一本六文である。普通の茶店ではそれぞれ四文（約百円）なので、高いといえば高い。

だが、お茶だけでなく、団子もまた、町で売られている醬油《しょうゆ》をかけて焼いただけの団子や、みたらしと称してもとろみをつけたくらいのものとは違う。きめ細かく弾力のある生地に、舌触りがとろりとなめらかな、甘じょっぱいたれがたっぷりかけられている。

職人たちの目当ては団子で、お茶を注文する者はほとんどいなかった。茶を頼むくらいなら腰にぶら下げた竹筒の水を飲み、その代金でもう一本団子を食べるという口である。そのかわり、ぱっと食べてさっと出ていく。長っちりの者はなく、これはこれでありがたいお客だった。

網に団子をのせ、香ばしく焼き上げ、小鍋でたれを温め団子をくぐらせる。炭火の前での作業なので、いつしかさゆは汗びっしょりになった。一仕事終えるたびに、冷たく絞った手拭《てぬぐ》いで顔や首筋を拭《ふ》かずにはいられない。これから本格的な夏を迎えると思うと、先が思いやられた。

ようやく客がとぎれると、さゆは団子を皿に五本ばかりのせた。

「ちょっとお隣にいってきます。店をお願いしますよ」

「……へえ」

るりがぼそっと答えた。るりを雇うまでは、常に店に張り付いていなくてはならなかったことを思えば、つっけんどんすぎるきらいはあっても、信頼はできるるりがいてくれてよかったと思いながら、さゆは皿を持って外へ出た。

「これ、万引き見舞い」

団子を差し出すと、番小屋で店番をしていた民の目が糸のように細くなった。

「わっ、美味《おい》しそう。あんた！　おさゆさんから団子を頂戴したよ」

佐吉が奥から出てきて、いつもどうもと頭を下げた。佐吉は頭の巡りがいまひとつだが、気が優しい。三月に引っ越してきたときも、荷物を降ろす手伝いを買って出てくれた。裏の木の枝を、黙って払ってくれたりもする。

「うめえな。おさゆさんの団子は天下一品だ」

さっそく、佐吉が団子をほおばって笑顔になった。

「あの後、売れた？　草鞋」

「おかげさまで売り切れ」

「よかったわねぇ。野次馬が客に変わるなんて」

「万引き娘のおかげで、かえってありがたかったんだけどねぇ」

民はそういいつつ、頬《ほお》に手をあて、短いため息をついた。

「あんな娘が盗みをするなんて、世の中どうなってんだかってねぇ」

まだ化粧っ気もなく、いかにもおぼこな娘だったという。

「このあたりの子じゃないよね」

民は首を縦に振る。

「この町に住んでいる娘や奉公している子だったら、たいていは覚えてるもの。よその町の奉公人じゃないのかね。すりへった下駄を履いてたよ。ほっぺにそばかすがいっぱいでさ。草鞋なんかとったところでたかが知れてるのに、どんな事情があったんだか」

怒りはとっくに消え、民はむしろ娘に同情しているようにさえ見えた。

番屋をあとにしたさゆは、店をるりにまかせたまま、家の奥にまわり、残りご飯で昼餉《ひるげ》用の小さなおにぎりをいくつも握《にぎ》った。おにぎりには作りおきしていた鉄火《てっか》味噌《みそ》を塗り、表面を軽く焼く。

「いい匂い」

裏長屋の女たちがつられたように集まってきた。

「よかったら、味見をどうぞ」

焼きたてのおにぎりをお盆にのせて、さゆは女たちに勧めた。次々に手が伸びる。

「おさゆさんはほんとに料理上手だ」

「すっきりとした江戸前の味だねぇ」

店をやっている上、年配のさゆは人の世話を焼くより焼かれるほうなので、余裕があるときは気持ちよくお裾《すそ》分《わ》けをすることにしている。

さゆの鉄火味噌には余計なものを入れていない。

鉄鍋に菜種《なたね》油を熱し、味噌と砂糖を加えて練り、さらに小口切りにした唐辛子、酒を加えて気長に炒《いた》めて水分を飛ばす。味噌の香りが立ち、つやが出てきたら、炒り白胡麻《ごま》をたっぷり散らして出来上がりだ。

コツは、じっくり炒めるということだけ。

ぴりっとした唐辛子が、甘みと味噌の豊かな風味とうまみを引き立て、ご飯によし、厚揚げや豆腐にかけてよし、焼けば香ばしさが立ち上る。お湯にとけば、味噌汁代わりにもなる。

ごぼうやニンジン、生姜《しょうが》などのみじん切りをごま油で炒めて混ぜる家も多いが、さゆは味噌の味が際立つこの鉄火味噌が好きだった。

飽《あ》きがこず、夏でも腐りにくい。組み合わせるのはせいぜい、春には木の芽、冬には柚子《ゆず》の皮くらいだ。

女たちが「ご馳走様」といって家に戻っていくと、さゆはあることを思いついて、大きな土瓶に、茶葉をたっぷりいれた。

「おるりちゃん、お昼にしましょう」

おにぎりに新生姜の甘酢漬けを添え、それがふたりの昼餉となった。

「この色、きれいですね」

るりは真っ先に、生姜の色に目を留めた。

今朝、新生姜の薄切りに塩をして水気を絞り、さっとお湯にくぐらせ、米酢と塩、砂糖に和《あ》えておいたもので、ほんのり桜色に染まっている。

さゆは昼餉がすむと、るりにひとつ頼みごとをした。るりは快諾し、茶の間で半紙を一枚描き、自ら壁に貼り付けた。

午後からは職人や買い物帰りの親子連れで忙しくなった。

壁の張り紙を見て、最初に注文をしてくれたのは、武家の母娘だった。

「このお茶、甘くて、なんてのど越しがいいのかしら」

娘が飲み干したのは、冷茶だった。

壁の張り紙には「冷茶、はじめました」と書いてある。文字も、湯呑に水滴がついている絵も、さゆがるりに頼んでさっき描いてもらったものだった。

数日前から、暑い日に、冷たいお茶を飲みたい人もいるだろうとさゆは考えていた。しかし新しいことをはじめるのには勇気がいる。石橋を叩いて渡るのがよしとされるが、叩きすぎて壊してしまっては元も子もない。思いたったが吉日と自分を励まして、さゆは、昼餉の前に冷茶を仕込んだのだった。

茶葉は深蒸し茶にした。

緑茶は摘《つ》み取った茶葉を蒸しあげ、揉《も》みながら乾燥させるが、深蒸し茶は普通の煎茶の倍もの時間をかけて蒸しあげる。そのために香りは幾分飛んでしまうが、青臭さや渋みが少なく、濃く甘みのある味わいになる。深蒸し茶に水を注ぎ、時間をかけてじっくり出すと、こっくりまろやかな冷茶が出来上がる。

「おかわり、いかがですか」

さゆがもう一杯注ぐと、喉《のど》がかわいていたのだろう、娘はそれもまた飲み干し、恥ずかしそうにした。さゆはもう一杯、注いだ。

「ああ、美味しい。……お茶を飲んでいたら、しょっぱいものがほしくなっちゃった」

「この子ったら、年頃なのにお行儀の悪いいいかたをして」

母親がたしなめながら、苦笑した。

「ごちそうさん」

そのとき、腰掛の向こうに座っていた男が銭をおいて立った。

「ありがとうございました。またおいでくださいませ」

店内に母娘だけになったのを機に、さゆは奥にひっこむと、新生姜の甘酢漬けを豆皿にのせたものを持ってきて、爪楊枝《つまようじ》を添え、娘と母親の間に置いた。

「これは？」

「実は今日、この店ではじめて冷茶をお出ししたんです。普段はこんな余計なことはいたしませんのですが、新生姜、もしお嫌いでなかったら召し上がってくださいませ」

「まあ」

「おふたりは、はじめての冷茶のお客様。美味しいとお代わりしてくださって、こんな嬉しいことはございません。そのお礼にというのもなんですけど」

新生姜を嫌いな人はまずいない。母親はにっこりと笑った。

「いただきます」

娘も爪楊枝を手にした。

「まあ、上品なお味」

「何気ない、こういうお菜《さい》が美味しいというのが、本当の料理上手なの。あなたも料理をそろそろ本気で覚えなくちゃね。満足に包丁も握れないようじゃ、嫁いでも、台所の差配はできませんもの」

「お母様ったら、お小言ばかり。わかっております。何事も修行でございますわね」

娘がさらりといい返した。くつくつと幸せそうに笑っている母娘を、さゆはまぶしげに見つめた。

さゆも、この娘の年頃には包丁も満足に握れなかった。

刺身のつまにする大根のかつらむきができなくて、さゆがむいた分厚い大根が油炒りに回されたこともある。台所の片隅に転がっていた古大根をもらい、かつらむきの稽古を重ね、巻紙のように薄く大根をむくことができるようになったときにはどんなにうれしかったか。

それぞれの料理のコツを知り、さじ加減がわかるようになるまでには、数年かかった。料理が映《は》える器選びから、盛り付けまでをまかされるようになったのは、二十代半ばだったろうか。

主《あるじ》・峯高は食通で、佐渡奉行になったときには佐渡はもとより越前《えちぜん》・越後《えちご》の、下田奉行として下田に行ったときには伊豆《いず》の漁師料理など、さまざまな郷土料理の作り方を仕入れ、その土地に根付いた器なども求めて帰ってきた。

いつしか、そうした料理の再現をまかされるようにもなった。未知の料理を作るのは、ちょっとした冒険のようでもあった。

そして気が付くと、さゆは池田家の料理番となっていたのだ。

夕方、そろそろ暖簾《のれん》をおろそうかと思っていたころに、また小夏がやってきた。朝、顔を出して、本日二度目である。

「あら、冷茶、始めたの？」

張り紙を見て、小夏が開口一番にいった。

「そう。暑い日には冷たいものもいいかと思って」

「じゃ、冷茶をいただくわ」

冷茶を飲み、「うまい」といって、小夏は身を乗り出した。

小夏は午後、お茶の稽古で、村松町《むらまつちょう》までいってきたという。先代師匠の時代から通い続けているところで、今の師匠はおしめをあてていた赤ん坊のときから知っている。弟子というより、もはやご意見番のような存在で、習うというより、美味しいお茶菓子と稽古の後のおしゃべりが目当てのようだった。

「今朝の万引きの話をしたらね、絵草紙屋『みなと屋』さんでも三日ほど前、万引きにあったっていうの」

「みなと屋さんって横山町《よこやまちょう》の？」

さゆは客とは親しく話さないことを信条としているが、小夏がひとりのときは別で、娘時代同様、気の置けない口調になる。

「そう。若おかみさんが稽古仲間なのよ」

「つかまえたの？」

「ううん、あっと思ったときには、店から走って出て行っちゃったんだって」

「逃げられちゃったんだ」

「それはしょうがないっていってたけどね。万引きなんて珍しいことじゃないらしいから。でも、盗《と》って行ったのが、錦絵《にしきえ》になんか縁がなさそうな、すごく子どもっぽい娘だっていうのよ。でさ、隣の草鞋をとったのも、おぼこな娘だってお民さんがいってたことを思い出したわけ」

確かに民は、草鞋を盗んだのは年端もいかないような娘だったといっていた。

「子どもが錦絵をねえ……」

錦絵は多版多色刷りの美しい木版画だ。『水滸伝《すいこでん》』の登場人物を描いたもの、武者《むしゃ》絵、相撲《すもう》絵、役者絵、美人画、戯画、風景画など、さまざまな絵が人気を集めている。

「その錦絵がびっくりなのよ。娘が盗ったのは歌川国芳《うたがわくによし》だって」

「国芳？」

武者絵、怪奇画、動物画など幅広く描き、独創的な構図や画風で知られる絵師である。

「国芳のどんな絵を盗ったと思う？」

「知らないわよ」

「……妖怪の絵」

「へっ？」

さゆは思わず息を呑んだ。

「それって、相馬《そうま》の古内裏《ふるだいり》が舞台の？」

廃墟となった相馬の古内裏に出現した、巨大なドクロを描いた迫力ある錦絵は、国芳の代表作といわれるが、かなり、いや相当におどろおどろしい。

「なんで、そんな絵を……」

「おかしいでしょ。若い娘が欲しがるのは、『猫と遊ぶ娘』みたいな絵じゃない？」

「確かに」

小夏とさゆは顔を見合わせて首をひねった。「猫と遊ぶ娘」は、抱いた猫にしぐさをつけようとする笑顔の娘と、はた迷惑そうな猫の表情の差がおもしろい国芳の人気作品だ。

「もしくは美男がより取り見取りの役者絵よね。それがよりによって、うすっ気味悪い妖怪ものを盗んだなんて……変わってるわよ」

小夏が断言するようにいう。

「私だったら、くれるっていわれてもほしくないわ」

「私もいらない」

「おるりちゃんみたいな絵描き志望とか？」

さゆは首を横に振った。

「いくらほしくたって、万引きまでしないわよ」

「そりゃそうだ。……それにしても、まだおぼこい娘が万引きするなんてねぇ。先が思いやられるわ」

小夏はとびきりの噂好きで、とんでもない世話好きでもある。

草鞋だろうが錦絵だろうが、盗みは盗みで、出来心でとか、たかがとは片付けられない。つかまれば、岡っ引きにつきだされないにしても、奉公先には知らせが行くので、間違いなくクビになる。そうなれば、近隣で他の奉公先を見つけることは二度とできない。

万引きしたことを伏せて、他の土地で働き始めたとしても、万が一のことがある。江戸から来た人がたまたまそのことを知っているかもしれず、いつ過去の悪事がばれるかわからない。それに自分がしでかしたことを、誰より自分が忘れない。

その晩、さゆは余りご飯に、千切りの大葉、粗《あら》く刻んだ梅干し、しらす干しを乗せ、出汁《だし》をかけて、さらさらとかきこんだ。きゅうりの浅漬けをぽりぽりかみながら、やはり万引きのことが気になった。

夜、布団に入っても、その娘のことが頭から離れない。

奉公人が万引きをするのは、奉公先でおもしろくないことがあったとか、そんな理由もあるという。

だが軽い気持ちで行ったことであっても、罪は体にしみこんでいく。

その娘が万引きしている現場に、自分が居合わせたらどうしたらいいのだろう。そっと声をかけ、大事《おおごと》にならないようにしたほうがいいのか。奉公先に連絡をして、そちらにまかせたほうがいいのか。

そこまで考えて、さゆは苦笑した。小夏が世話好きだといっている自分も相当なものだ。首をわずかに横に振り、茶店の主はよけいな口は出さないのが肝心だと自分にいい聞かせ、目を閉じた。

蚊やりの松葉を燃やす匂いが、夜の中にゆったり漂っていた。


夜中に小雨が降ったせいか、朝こそ涼《すず》しかったが、翌日は、日が昇るにつれ、どんどん蒸し暑くなった。

小夏が顔を出したのは、団子を食べ終えた職人たちがすっかり姿を消した昼前だった。

「おるりちゃん、いる？　あ、お茶はいいわ」

るりは汚れた皿や湯呑を洗っているところだというと、小夏はさゆの耳に口を寄せた。

「今、お民さんと話をしていたのよ。話を聞く限り、草鞋を万引きした娘と、錦絵を盗んだ娘と、よく似てるみたいなの。それでおるりちゃんに似顔絵を描いてもらえないかなって」

さゆは首を即座に横に振った。

「いやだ、お断りですよ。おるりちゃんはおかみの御用の人相書きは引き受けているけど、そんなことまでさせるわけにはいかないわ」

岡っ引きが頼んでいた絵師が中風《ちゅうふう》で倒れ、人相書きを急遽《きゅうきょ》、るりが頼まれたのは先月のことだ。そのときるりが描いた人相書きのおかげで、かどわかしにあった子どもが見つかった。それがきっかけで、絵の腕が認められ、岡っ引きの友吉《ともきち》を通して、るりは似顔絵書きを頼まれるようになった。

午前中はるりは蒲公英で働いているが、午後は人相書きを頼まれることもたびたびで、この近くのみならず、本所《ほんじょ》あたりまでも出かけて行くことがあるらしい。

「そんなけんもほろろにいわなくてもいいじゃない。……今日、わたし、みなと屋さんとまた会うの」

「だから？」

「万が一、同じ娘があちこちで悪さをしていたとしたら、大事よ。でも人相書きがあれば、店の者は気を付けられる」

「同じ店に二度くる馬鹿なんているかしら」

ふくはいるといっていたが、そうそうあることではないだろう。

「こないなら、それにこしたことがないけど。とにかくその娘の悪事を早く止めないと。そのために、おるりちゃんをちょっと貸してくださいな。おるりちゃんに描いてもらえば同一人物かどうかもわかるだろうし」

るりが洗い終えた皿と湯呑をお盆に乗せてもって戻ってきたのは、そのときだった。

さゆは餅箱に残っている団子の数を確かめた。これから、るりには午後の団子を作る仕事が待っていた。

けれど朝作った団子がまだ二十本ほど残っている。気温が上がるにつれ、団子を注文する客が減っていた。昼からの客のために毎日三十本、準備することにしているが、余ってしまう日も増えている。この陽気なら、二十本もあれば足りそうだ。

さゆは小夏にしぶしぶうなずき、るりにいった。

「小夏ちゃんが人相書きを描いてほしいっていってるんだけど」

こんな岡っ引きごっこみたいなことに、るりを巻き込むのは不本意だが、娘の悪事を止めるためといわれると、それもありかなと思ったからだ。

人相書きと聞いて、るりは途端《とたん》に前のめりになった。

「隣の草鞋を盗んだ娘の絵を描いてほしいの。お民さん、その娘の顔をだいたい覚えているって」

「……私はかまいませんけど」

「お代はいかほどお支払いすればいいかしら」

「小夏さんの頼みですから、そんなもんいりませんよ」

「そうはいかないでしょうが」

「いいですってば」

「じゃ、今回ばかりはそういうことで。恩にきるわ。……おさゆちゃん、おるりちゃんをちょっと借りるわね」

小夏が立ち上がる。

「いってらっしゃいな」

うずうずしているるりの顔を見ながら、さゆはいった。

るりが矢立《やたて》（筆と墨壺《すみつぼ》）を持ち、小夏と出ていったとたん、客がどっと入ってきた。注文をとり、団子を焼き、たれを温める。蒸し暑いせいか、やはり団子の数が出ない。冷茶を頼む客が多かった。

しばらくして、るりと小夏が戻ってきた。小夏は噴き出しそうな顔をしている。いつもはむすっとしているるりも、笑いをこらえているように見えなくもない。

「これ、見て」

小夏が半紙をさゆに差し出した。そこには十代半ばとおぼしき娘の顔が描かれていた。

丸顔で、目も鼻も、頬も丸い。

さゆは思わず自分の顔に手をあてた。

「……似てるでしょ。子どものころのおさゆちゃんを思い出しちゃった」

「おさゆさんと目鼻立ちがそっくりです」

るりはぶっきらぼうでよけいなことをいわないが、こと絵の話になると容赦ないまでに正直になる。

「この絵をみたとき、思わずポンちゃんといいそうになっちゃった」

さゆは子どものころ、ポンというあだ名を頂戴していた。タヌキ顔だからである。だが、万引きした娘と似ているといわれて、いい気はしない。微妙にまばたきを繰り返すさゆの肩を、小夏はぴしゃりとはたいて、察しよくいう。

「他人の空似とは、よくいったもんだ。こんな純情そうな子が万引きを働くなんて、世の中、どうなってるんだろね。とにかく、みなと屋さんにこの絵を見せてくるわ。ありがとね、おるりちゃん」

小夏が出ていき、るりが帰り、客もひけて、店が一瞬、静かになった。店がもっともにぎわうのは、四つ（十時頃）と八つ（十四時頃）である。その間のわずかな時間が、さゆのほっとできるときだ。

団扇《うちわ》をつかいながら、さゆの口からため息がもれ出た。さゆの頭を悩ませているのは団子のことだった。

体力仕事の職人たちは相変わらず団子を食べてくれるが、女房や娘たちはこれまでのように団子を頼まなくなった。これから暑くなるにつれ、団子の売れ行きはますます先細ってしまうかもしれない。

この季節、団子以外のなにか別のものを考えたほうがよさそうだった。手軽に作れて、作り置きがきいて、美味しくて涼しさを感じさせるようなもの。

真っ先に頭に浮かんだのは冷たい白玉汁粉だった。白玉に甘酒や豆腐を混ぜると、少し時をおいても固くならず、柔らかくもちもちして、さゆの好物でもある。

「いや、だめだわ」

甘酒や豆腐を入れれば腐りやすい。夏の暑さですえてしまったら、店の信用にかかわる。

あれこれ考えたあげく、残ったものは、水羊羹《みずようかん》とわらび餅の二つだった。

明日はとりあえず、二つとも作ってみることにして、夕方、早めに店を閉じ、乾物屋に行って、わらび粉と小豆《あずき》、きな粉と寒天を求めた。

夕暮れになっても人通りが多いのは、隅田川《すみだがわ》の花火が始まったからだろう。

ふと、るりが描いた人相書きのことを思い出した。

絵を見て、幼いころの自分に出会ったような気がした。それほど、よく似ていて、よく描けていた。

るりは子どものころから絵を描くのが好きだったという。だが、絵など描いても
一文にもならない、女の絵師などいないと、親に筆を取り上げられた。

それでも描きたいという気持ちは消えず、るりは神社の境内《けいだい》の土の上に絵を描い
ていたという。

出戻ってきた今でも、家族はるりが絵を描くのをよしとせず、家では隠れるよう
にして絵を描いている。

――一生に一度でいい。好きなだけ絵を描く暮らしをしてみたい。家を出たい。

この間、るりはそういった。

――うちのお給金だけじゃ裏長屋だって借りられないよね。

――絵の仕事が少しずつ増えているんです。贅沢《ぜいたく》をせずに暮らすならなんとか。

言葉数が少ないるりには珍しくきっぱりといい、ため息をついた。

――でも、夢物語です。絵の仕事で食べていくなんて。いつ注文がなくなるかわ
からないのに。おさゆさんは偉いですね。女一人で商売をはじめたんですから。

るりにそういわれて、さゆは少しばかり胸が痛かった。

さゆには、池田家と親からもらったまとまったものがある。いわし屋という後ろ

盾《だて》もある。

実家のいわし屋は蘭方《らんぽう》の薬も扱う名のある薬種問屋で、日本橋の大通りに店を開いている。店構えは四間《けん》（約七・二メートル）、奥には白壁の蔵が並ぶ大店《おおだな》だ。蒲公英の赤字が続いたら、店を閉じ、実家に戻るという逃げ道がさゆにはあった。

夕方、戸を開けっ放しにして、お菜を作っていると、裏長屋の、いちばん手前の部屋に住む大工の平太《へいた》とよし夫婦が顔を出した。

子ども三人が大きくなって九尺長屋では手狭になり、隣町の二間続きの長屋へ、七日後に引っ越すことになったという。

「短いお付き合いだったけど、子どもたちに声をかけてもらったり、おやつをわけてもらったり、ありがとうございやんした」

「落ち着いたら、団子を買いにきますから」

その夜も平太の子どもの笑い声や兄弟げんかの声が聞こえた。井戸端《いどばた》で夕食の器を洗いながら、この声が聞こえなくなると寂しくなるとさゆは思った。それからさゆははっと顔をあげた。

翌朝、るりが団子を作る隣で、さゆはいつもにまして立ち働いた。

小豆を洗い、たっぷりの水に入れて火にかける。煮立ってしばらくしたら、ざるにあけ、さっと水で洗う。

鍋にその小豆とかぶるくらいの水を加え、再び火にかけた。

「何を作ってるんですか」

「とりあえず、あんこ」

「どうしてまた」

「あとのお楽しみよ」

ふつふつ沸騰《ふっとう》しはじめると、さゆは鍋に蓋《ふた》をした。それから小豆が煮崩れないように差し水をしながら気長に柔らかくなるまで煮た。

柔らかく煮上がった小豆をざるにあけ、少し水を入れた別鍋にざるを重ね、小豆をへらでつぶし、漉《こ》していく。皮が残ったざるをとりのぞき、鍋にたまった漉した小豆に、水をたっぷりくわえ、小豆が沈殿したら、上澄《うわず》みを捨てる。

これを数回繰り返し、上澄みが透《す》き通ると、晒《さら》し木綿《もめん》を広げたざるに流しいれ、水気をきゅっと絞《しぼ》った。

水羊羹は、のど越しの良さが肝心だ。それには、なめらかな漉し餡を作らなければならず、ここまでの作業が肝心だった。

この、絞ってさらさらになった小豆に、砂糖と水を加え、火にかける。焦《こ》げないようにへらで練り混ぜ、ツノが立つくらいになったら、塩を入れて、火を止める。

これで漉し餡の出来上がりである。

　さゆの動きは止まらない。

　水につけて戻し、硬く絞った棒寒天と水を別鍋に入れて火にかけ、寒天をとかし、細かいざるで漉す。これを再び弱火にかけ、砂糖と先に作っておいた漉し餡を加えてよく練り上げ、照りがでてきたところで火からおろし、さゆはすかさず鍋ごと、水をはったたらいにつっこんだ。

「もしかして水羊羹ですか？」

　団子を串にさしながら、るりが尋《たず》ねた。

「あたり」

「でも水羊羹は冬のものじゃ……」

　水羊羹はお節《せち》料理につきもので、るりのいう通り、一般には冬の菓子として知られている。

　甘さが控《ひか》えめであっさりしていて、みずみずしい水羊羹を冬だけのお菓子にしておくのは惜しいと、池田家にいたときにさゆが思い切って、夏に作ると、美恵をはじめ家人みんなに喜ばれ、夏のお菓子の定番となった。

「つるっとした水羊羹ののど越しが、実は夏にぴったりなのよ」

　へらを握る手を止めずにさゆはいった。へらで混ぜながら粗熱をとるのは少々手間だが、これをしないとあんこと寒天が分離して、台無しになるのだ。

こうして十分冷ましてから、さゆは餡を水で濡らした型に注ぎ入れた。

続いてさゆはわらび粉と砂糖を取り出すと、細かい目のざるでふるいにかけた。鍋に移し、ダマができないように水を少しずつ加え、へらで混ぜながら火にかける。鍋にくっつかないくらいにまとまったところで火を止め、さらにもう一度かき混ぜてから、きな粉と砂糖を敷いた器にいれた。

このまま冷やせば、わらび餅の出来上がりだ。

「店で出すのはわらび餅かな。やっぱり」

さゆはひとりごちだ。

水羊羹はたまに作るならまだしも、毎日、火の前で餡を練るのは骨がおれそうだった。

子どもの声が聞こえた。裏長屋には手習い所に通う前の小さな子どもたちも多い。

さゆはできたばかりの団子にあんこをまとわせたものを皿に乗せて、外に出た。

「甘いものを食べたい子はいらっしゃい」

わらわらと子どもたちが走ってくる。

餡団子をほおばる子どもたちの丸く小さな頭をなでながら、美味しいものを食べる子どもの笑顔はかけがえがないとさゆの目が細くなった。

小夏がやってきたのは、夕方七つ（十六時頃）過ぎだった。話があるとき、小夏は四つと八つの混雑がおさまったころを狙ってやってくる。

「どんぴしゃだったわ。みなと屋さんに入った万引き娘、あの娘だったって」

「錦絵を盗んだ娘と、草鞋を盗った娘が同じ？」

「そういうこと」

「盗むものがめちゃくちゃじゃない？」

「盗みそのものをおもしろがっているのかも。だとしたら、相当の性悪《しょうわる》だよ」

そのときだった。「きゃ〜っ」という娘の悲鳴が聞こえ、「逃がすもんか！」という民の声が続いた。

あわててさゆと小夏が外に出ると、娘が民の手を振り切って、さゆに向かって走ってきた。

「えぇ〜っ」

ぶつかる。さゆは思わず目をつぶった。腰を打ったらどうしよう。足を折ったらどうしよう。寝たきりになりたくない。ぞっと恐怖が巡った。

だが……衝撃はなかった。かすめさえもしない。さゆはそのままその場に立っている。

おそるおそる目を開けると、さゆの前に若侍が立っていた。離してとわめく娘を抱き押さえている。

「ご無事ですか？」

振り向いたのは、着流し姿の伊織《いおり》だった。

「……おかげさまで」

「おさゆさんの悲鳴を聞いて、飛び込んでしまったんですが……いや、これは一体……」

伊織が手をゆるめると、娘は逃げ出そうとした。その腕をつかんだのは民の亭主で番太郎の佐吉だった。

「また万引きしようとしたんだよ。この娘。うちの草鞋を」

民が口から唾《つば》を飛ばさんばかりにいう。番小屋の前に、草鞋が一足投げ出されていた。民はしゃがんで草鞋を拾いあげ、ぱんぱんと音をたてて埃《ほこり》をはらった。

呆気《あっけ》にとられているさゆを、娘はうらめしげに見た。人相書きのあの娘だった。

二度、それも日をおかずに同じ店から同じものを盗もうとするなんて、捕まえてくれといっているようなものだ。目に涙をいっぱいためて、震える唇をかみしめている姿からは、そんな道理がわからない娘には思えない。

「おめえ、前もやっただろ。ふざけやがって」

佐吉は娘の腕を乱暴にひっぱる。

「すみません……すみません」

娘は消え入りそうな声で詫《わ》びの言葉を繰り返した。通行人がなにごとだと足をとめ、たちまち人垣ができていく。

さゆは民と佐吉にいった。

「お腹立ちはわかりますが、往来では騒ぎが大きくなるばかり。番小屋の中で話をしたほうがいいんじゃないですか」

「あの……」

伊織をうかがうように、佐吉と民が見上げる。ふたりは伊織が内与力《うちよりき》であることを知っていた。

盗みが発覚すれば、岡っ引き、同心《どうしん》、最後は与力にあがる。つまり、伊織は盗人取り締まりの頂点にいるうえ、番小屋は木戸をはさんで、自身番に面している。自身番は、乱暴を働いたものや、盗人の取り調べを最初に行う場所でもある。

伊織は苦笑し、あっさりといった。

「事情が分からないのに、首をつっこんだりしませんよ」

佐吉と民はほっと表情をゆるめ、伊織に頭を下げると、娘の腕をひっぱるようにして、番小屋に連れて行った。

盗んだのは、またもや草鞋である。岡っ引きに突き出すことはせず、二度と万引きをしないように、ふたりは娘にお灸だけはしっかりすえるつもりなのだろう。

内与力の伊織もそれがわかっていて、見て見ぬふりだ。

娘が番小屋に入ったのを機に人垣がほどけ、伊織もさゆと小夏と、蒲公英の中に入った。

「いいところに伊織さんが来てくれて、よかったわ。伊織さんがいなかったら、おさゆさん、すっころんで、今頃、骨接《ほねっ》ぎの世話になってたかもしれない」

小夏が腰かけながらつぶやいた。

「他人事《ひとごと》みたいに。私にじゃなく、小夏ちゃんにぶつかっていたかもしれないじゃない」

さゆは暖簾をおろしながら、口をとがらせた。少しばかり早いが、伊織が訪ねてきたので、今日の商売はしまいである。

「しかし……似てますね。まさか、おさゆさんの親戚の子じゃないですよね」

伊織がさゆの顔をまじまじと見て、くすっと笑う。あまりにもさっぱりといわれて、さゆもつられたように笑った。

「親戚じゃありません。他人の空似」

「あれほどおさゆさんと似ている娘が万引きとは、人間、顔だけじゃわからないものですね」

黒目がちの伊織の目が、いたずらっぽく光る。くっきりとした目鼻立ちの伊織に、町人風の銀杏髷《いちょうまげ》がよく似合っていた。

「顔で盗みをするわけじゃなし。町奉行直下の内与力ともあろうお方がおっしゃることとも思えませんわね」

さゆが顎《あご》をつんとあげると、伊織が、ぷっと噴き出した。

「一本とられちまった」

くだけた調子でいって、頭の後ろをかいた。

伊織は池田家の用人である。主の峯暉《みねてる》が北町《きたまち》奉行となってからは、伊織は二十歳にして、内与力の役目をになっている。南・北両町奉行所には二十五名ずつ幕臣の与力が配されているが、このうち各二名は奉行個人の家臣である内与力だった。

さゆは、腰掛に座ったふたりに、わらび餅と冷茶をのせた盆をさしだした。水羊羹は手習い所から帰ってきた長屋の子どもたちがすっかり平らげていて、残ったのは、このわらび餅だけだった。

「まあ珍しい、わらび餅なんて。これ、どうしたの？」

小夏がさっそく皿を手に取っていう。

「明日から、店で出そうかと思って。夏はのど越しのいいものが好まれるでしょ」

「団子を注文する人、少し、減っていたものね」

ずっと商いを続けてきたならではの観察眼で、小夏は客の変化に気づいていたようだった。

「おさゆさんのわらび餅、久しぶりだな。うん、この味だ」

伊織は、口の周りについたきな粉を払いながらいった。ひと口ほおばった小夏も目を見張った。

「口に入れた途端、淡雪のように溶けて……これなら、日本橋の京菓子屋『亀屋孝《かめやたか》信《のぶ》』のわらび餅にも負けないわ。で、いくらで売るの？」

「六文」

「安すぎる気もするけど……でもそうね。お茶や団子と同じにしたほうがいいかもしれない。お客さんが気軽に頼めるから。もうけは少なくても注文が多ければ採算が合うわ。……団子をやめるわけじゃないんでしょ」

「団子の本数は減らすけどやめはしない。うちの看板だもの」

「夏は団子とわらび餅の二本柱ってことね。いいと思う」

小夏がいいといってくれると、心強い気がした。

「団子、残ってますか」

冷茶を飲み干した伊織がいった。餅箱のふたをあけると、ちょうど二本だけ、残っている。

「ございますよ。お焼きしましょうね」

「ここにきて、おさゆさんの団子を食べないと、どうにも落ち着かなくて」

照れくさそうにそういった伊織の横顔に、幼い日のやんちゃな表情が重なった。

さゆは、伊織のことを生まれたときから知っている。

父親の久兵衛《きゅうべえ》は、先代の峯高の用人だった。峯高の信頼の厚い忠義な男だったが三年前に亡くなり、今、伊織は母親の鶴《つる》と暮らしている。

子どものころの伊織は、論語を読むようにいわれても、算術を学べといわれても、いつのまにか家から抜け出してしまうような子どもだった。鶴が見張っていても、ちょっとした隙《すき》を見つけて飛び出して行ってしまう。

伊織が走っていくのは、町の子どもたちが集まっている近くの神社の境内や河原の土手と決まっていた。親分肌の伊織は小さい子の面倒見もよく、みなに慕われていた。怪我《けが》をした子どもを、こっそりさゆのところに連れてきたこともある。腹が減ってるから、何か食べさせてほしいと大勢の子どもを引き連れてきたこともあった。

さゆが傷の手当てがうまいのも、おにぎりを握るのが早いのも、伊織のおかげかもしれない。

とんでもないわんぱく小僧だったが、伊織は機転もきき、人の気をそらさず、何をしても憎めない愛嬌《あいきょう》ももちあわせていた。

両親は池田家のお役に立つかとずいぶん心配したようだが、奉公をはじめると伊織は、判断は的確なうえ、上の者にはかわいがられ、下の者には慕われ、今では峯暉の信頼も厚い。そして峯暉の使いとしてこうしてときどき、蒲公英にも顔をだしてくれる。

峯暉も、生まれた時からさゆが世話をしていた。奉公を退いた今も、料理好きのさゆが喜ぶだろうと、ときおり、珍しい食べ物や上等な調味料を届けてくれる。そのときにはさゆの話し相手になってくるようにと、必ず、伊織をつかわしてくれるのだ。

「そうだ。これを殿様から」

うまいうまいと団子も平らげると、伊織は傍《かたわ》らにおいていた藍の風呂敷包みを手に取った。走ってきた娘を受け止めるときにとっさに足元においたためか、底のほうがわずかに白くなっている。

「割れてないよな。……ああ、無事だ。よかった」

伊織が取り出したのは、蓋をした壺だった。

「なんでも、赤酢だそうです」

「まあ、嬉しい」

赤酢は酒粕からつくられるまろやかな風味の酢だ。甘みが強いので寿司飯には欠かせない。浅漬けや焼き魚にちょっとかければ味わいが深くなる。

赤酢と砂糖と醤油で味付けした茄子《なす》の揚げびたしは、さゆの好物だった。

やがて小夏が立ち上がった。

「そろそろ失礼しますわ。朝、家から出たっきりだから」

「小夏さん、一日中、出歩いていたんですか」

伊織が驚いた顔でいった。さゆがうなずく。

「毎日、飛び回ってるの。若い人、顔負けよ」

「なんだかんだと用事があるんですのよ。自分で用事を作っているんですけどね」

小夏は伊織をちらっと見て微笑《ほほえ》む。

「では伊織さま、どうぞごゆっくり」

小夏は伊織にとっておきの声でいい、帰って行った。

それから伊織は腕を怪我していた女中頭《がしら》の春《はる》が戻ってきたとか、春を支えてきたまさに縁談があり、近々暇をとるようだとか、池田家の近況に触れた。

「おまさ、縁談を受けることにしたんですね」

「ご存じでしたか？」

「先日、手伝いに行ったときに、そのようなことをいっていて」

「料理上手ですから、おまささんはいい嫁さんになりますね」

わかったようなことをいう伊織がおかしくて、さゆの頬がゆるんだ。まさが十五で奉公にやってきたのは確か、伊織が生まれた年だった。

「なんか変なことといったかな？」

「いえ。おまさを嫁にする人は幸せですよ。気が優しくて、料理の腕はぴか一ですもの」

まさは初婚、相手は子持ちのやもめだが、かつて同じ手習い所に通ったことがあるという。臆病《おくびょう》なところもあるまさが、縁談に踏み切れたのは、子どものころのその人との思い出が懐かしいものだったからに違いない。

「……伊織さんはどんな人と一緒になりたいの？　そろそろお話もあるでしょ」

思い切ってさゆは聞いた。さゆの甥の娘の鮎《あゆ》のことが念頭にあったからだ。

鮎はいわし屋の娘で十六歳になる。おとなしく物静かな娘だが、伊織に淡《あわ》い恋心を抱いているようだった。そのためか、舞い込んでくる縁談に前向きではなく、母親のきえをやきもきさせていた。

「藪《やぶ》から棒に。まいったな」

「伊織さんだって年頃でしょ。いいお話だってあるんじゃない？」

「いや、自分のことで精いっぱいで」

「お鶴さんは何もおっしゃらない？」

「年中なんだかんだといってますよ。まだ早いといっても、口を出さずにおれないみたいで。……そりゃ、私だってきれいな娘さんがいれば目がいきますよ。でも所帯を持つなんて。ひとりもので気楽だから、遅くまで仕事もできるし、同輩と酒を酌《く》み交わすこともできる、まだまだですよ」

がっかりした気持ちが顔に出ないようにと気を付けながら、さゆは、はあとうなずいた。

そのとき、ごめんくださいと、民が店の中におずおずと入ってきた。

「すみません。ちょいと、いいですか」

「どうなさったの？」

「もう埒《らち》が明かなくて」

万引き娘のことだった。

娘は、すみませんと泣くばかり。一方、佐吉は「お前はどこの誰だ。なんでこんなことをした」を繰り返すだけ。それがさっきからずっと続いていると、民は眉根《まゆね》をよせた。

「あの人、ほら、思ったことをそのまま口にするしかできなくて。いくらいっても娘が口を割らないから、うんざりしたらしくて、もういい、こんな娘は放っておいて、さっさと湯屋に行って汗を流したいといいだす始末で。……だからって、このまま放免していいものなのか。あたし、どうしていいかわからなくて」

佐吉は、人はいいが、考えも辛抱《しんぼう》も足りない。常日頃からそれを補っているのが民なのだが、相手がだんまりを通す万引き娘となるとお手上げのようだった。

「岡っ引きに引き渡すほどのことじゃないし……」

「そうよねぇ。困ったわねぇ」

しばらくして、伊織が口を開いた。

「私が話を聞きましょうか」

さゆがその顔を伺うように見た。

「伊織さま、何もそこまで」

内与力が出張っていくようなことではない。

「その娘を捕まえた縁もありますし」

「お願いできれば助かります。二度と万引きをしないように、あの子を諭《さと》してください。すぐにここに連れてきます」

民は渡りに舟、とばかり、走って出ていくとすぐに娘を連れて戻ってきた。

さゆとしてはやれやれという気持ちである。

だが、娘の両手を縛っていたしごきを見て、どきっとした。このまま盗みを繰り返していたら、本当に岡っ引きにひっくくられるようなことになり、この娘の一生は台無しになってしまう。

簡単に放免したらこの娘のためにならないと、さゆは唇をひきしめた。

伊織は娘を自分の隣に座らせて、まずそのしごきを外した。

「逃げるなよ。こう見えて足は速いんだ。また捕まって一から出直しは面倒だろ」

さゆは火鉢の炭に灰をかけ、汚れた皿を台所に運び、勝手口の戸を閉め、店の隅の自分の腰掛に座った。

娘と相対していた伊織がふいに笑い出した。

「ほんとにおさゆさんとそっくりだ」

すると娘は泣きはらした顔をあげ、さゆを見て、小さな声でつぶやく。

「ばばちゃんにそっくり」

ばばちゃん……万引き娘のばあさんのこと？　思わずさゆは自分の頬を手でおさえた。

「そうか、おさゆさんはばばちゃんにそっくりで、おまえはばばちゃんに似てるんだな」

伊織が笑いをふくんだ声でいった。

祖母に似ているといわれたからではないが、さゆは娘にも冷茶をだした。草鞋をとろうとして、つかまって、娘は泣き通しだったはずだ。喉はからからだろう。

「どうぞ、お飲みなさいな」

娘は頭をさげたものの、湯呑に手を伸ばさない。

「ばばちゃんは元気なのか？」

伊織がたずねた。

「……たぶん」

「家は遠いのか」

娘はあいまいにうなずく。

「奉公していると、近くてもなかなか家には帰れない。遠ければなおさらだ」

黙っている娘にかまわず、伊織は続ける。

「ばばちゃんに似ているこのおばさんも、あるところの女中頭だったんだぞ。せっかくお茶をだしてくれたんだ。飲みなよ、びっくりするくらいうまいから」

「喉が渇いてるでしょ。遠慮しないで」

さゆがうなずくと、娘はようやく湯呑に手を伸ばした。一口飲んだかと思うと、喉を鳴らして飲み干した。

「……こんなお茶、はじめて」

「お茶だけじゃないぞ。どんな料理もうまいんだ。長年、何人もの女中を取り仕切っていたんだよ」

娘がしげしげとさゆを見た。

「今は茶店をやっているけど、ちょうど娘さんくらいの年から奉公したのよ。そのころは何もわからなくて、一から仕込まれたの。それから去年まで働いていたの。四十年も」

蒲公英の客には、さゆの出自など話したことはない。けれど、この娘には打ち明けてもいいような気がした。

驚いたように、娘がさゆを見つめる。十四、十五歳くらいだろうか。この年頃の娘にとって四十年など、永遠に等しい。振り返ればあっという間なのだけれど。

「人のものを盗るのは悪いことだってわかっているでしょう。それなのにどうして、草鞋を盗ったの？……みなと屋さんでも錦絵も盗んだでしょ」

「錦絵？」

声をあげたのは伊織だった。

「おまえ、別の店でも盗みを働いてたのか」

娘の顔が青くなっていく。鼻をすったかと思うと、目に涙がふくれあがった。

「草鞋、錦絵……他にも盗んだものがあるんじゃないのか」

伊織がそういったとたん、娘の目から大粒の涙がこぼれおちた。

やがて、娘はすえという名前だといった。奉公先は本町二丁目の人形問屋「三枡《みます》屋」で、年は十四。実家は行徳《ぎょうとく》の漁師で、三枡屋に奉公して一年になるという。

すえは、小間物屋で扇子《せんす》を、骨董屋で根付《ねづけ》も盗んだと白状した。

「ずい分、様々なものを……」

「盗んでまで、手にしたかったのか」

すえは首を横にふった。

「ほしくてとったわけじゃありません」

「それじゃなぜ……」

すえは唇をかんだ。涙が滝のようにこぼれ落ちる。

「盗んでこいといわれて。ひどい目にあわされるのが怖くて、いやだっていえなかった。逆らえなかった」

「盗ってこいといったやつがいたのか。そいつが欲しがってたのか」

すえは首を横に振る。

「……私に悪いことをさせて……おもしろがっているんです……」

「それが本当だとしたら、ひでえ話だ」

だが、誰に命じられたかという話になると、すえは貝のように口を閉じた。

時刻はもう七つ半（十七時頃）を過ぎている。

「奉公先の人？　女中仲間？」

「告げ口をしたら、またいじめられる」

さゆはため息をついた。

「告げ口じゃないわ。本当のことをいうのは。……もし、その人が誰かってわからなければ、全部、おすえさんのしでかしたことにされてしまう。そしたらどうなるかわかる？」

「……」

「おすえさんひとりが悪者になってしまう。盗人を働かせる店なんて、どこにもない。三枡屋さんからは追い出されて終わりよ。そんなの悔しいじゃない。割に合わないじゃない」

そのとき、民が店に入ってきた。

「この万引き娘は白状したかい？」

瞬間、絹糸が裂けるような声で、すえが叫んだ。

「おのぶさん！　おのぶさんが私に盗めっていったんです。私が盗むところを、陰にかくれていつも見張っていたんです」

のぶは、すえの先輩女中だった。

「伊織さま、同行していただくのは本当にありがたいんですが、こんなことで伊織さまをお借りしたら、殿様に申し訳なくて」

「乗り掛かった舟です、それに私も一緒に行ったほうが、話が通りやすいでしょう」

三枡屋は大店である。木戸番の女房と、茶店のばあさんがのこといったところで、主が話を聞いてくれるかさえ疑わしいと思ったのか、伊織は一緒に行き、自分が話をしようといってくれた。

だが、店に戻るとなったとたん、すえは怖いと両腕で自分の体を抱きしめ、またぐずぐず泣き出した。

「大丈夫。何があっても」

腰掛に根が生えたようなすえを、さゆは抱きしめるようにして立たせた。

三枡屋に行くのは、さゆも正直、気が重かった。三枡屋の隠居・亮太郎《りょうたろう》はさゆの知り合いでもあったからだ。

さゆがいわし屋に隠居してから、退屈まぎれに出かけて行った川柳《せんりゅう》の会の一員で、さゆが作ったへたくそな川柳を亮太郎はほめてくれた。さゆの隠居所に「近くまで来たから」と二度ばかり顔を出したこともある。

突然茶店を開くことになり、隠居仲間には何もいわずにこちらに居を移したが、何人かの隠居はさゆを訪ねていわし屋に来たという。そのたびにきえは「ちょっと出かけておりまして」と口を濁《にご》してくれたのだが、「体でも悪くしたのか」と心配してくれる人もいた。そのひとりが、やもめの亮太郎だった。

三枡屋は上等なひな人形や五月人形で知られる人形問屋である。

朝早く、夜も早い店で、もう暖簾をおろし、戸を閉じていた。脇のくぐり戸を開けてもらい、中に入ると、女中のひとりがすえを見て声をあげた。

「こんな時間まで、どこで油を売っていたんだよ」

だが、すえの深刻な表情と、その脇に立つ二本差しの侍の姿に、何かが起きたと気づいたのだろう。あわてて口を閉じた。

「店のご主人にお会いしたい」

伊織が静かにいうと、すぐに主が女房を伴って出てきた。三十半ばの男で、見栄えがよく、腰も低い。

「主の安右衛門《やすえもん》でございます」

「池田家の用人・宮下《みやした》伊織と申します。折り入って話をしたいのですが」

安右衛門は、すぐに奥座敷に伊織たちをいざなった。同輩からじろじろ見られて、身をすくめているすえをかばうようにして、さゆは頭をあげて廊下を進んだ。

「こんな立派な屋敷の奥まで入るのは初めてだよ、おさゆさんみたいに堂々として
いられたらいいのに」

さゆの後ろを、民は背を丸くしてついてくる。

「私だって緊張してますよ。事情が事情だもの。……でも、とってくれるわけじゃなし、お民さん、怖《お》めず臆せずでまいりましょう。おすえさんもね」

さゆは、民とすえに微笑むと同時に、いつしかこんな度胸も身に着けていた自分に改めて気付かされた。

挨拶《あいさつ》を交わすのも互いにもどかしく、すぐに話の本題に入った。

「草鞋、錦絵、扇子、根付……おすえがさまざまな店で万引きをしていたというのですな」

安右衛門がさほど驚かなかったことに、さゆは少しばかり鼻白《はなじろ》む思いがした。万引きとはいえ、盗みは大事である。ことが明るみに出れば、十両以上の金を盗んだ者は死罪。人の家から物を盗んだ者も、金額の多寡《たか》にかかわらず死罪となる世の中だった。

だが、すえが万引きをしかねない娘だと安右衛門夫婦が思っていたわけではなさそうだった。

「真面目に仕事をする、いい娘だとばかり……なんでおすえが……」

深いため息をつき、女房は目を落とした。

「ですが、これには裏がござった」

すえが先輩女中ののぶに命じられて、仕方なく盗みを働いたといっていると伊織が伝えると、女房の口がぽかんとあいた。安右衛門の顔色が青くなり、赤くなった。

「おのぶがおすえに？」

「おすえ、それは本当なのか」

両手をつき、畳に額《ひたい》をこすりつけるように体をおり、すえはいう。

「……盗むところを、おのぶさんが近くで見張っているので……逃げられなくて」

「盗ったものはどうした？」

「おのぶさんに渡しました」

「自分の欲で盗んだのではないというのだな」

「……違います」

すえは声を絞り出すようにして答えた。

いつしか安右衛門のこめかみに青筋が浮いていた。女房が立ち上がり、女中を呼んだ。

部屋に入ってきたのは四十がらみのどっしりした体格の女で、女中頭の菊《きく》と名乗った。

「おすえは今日、誰と出かけましたか？」

女房が尋ねた。

「夕方、ひとりで使いに出しましたが」

「ほかに今日、家から外に出た女中は？」

「おのぶが朝、近くまで用たしに行きましたが。それくらいで」

どきっとさゆの胸が跳ね上がる。すえの話と違うではないか。

「おのぶさんは、その後、どこにも出かけなかったんですか」

さゆは口をださずにいられなかった。

「……ああ、うっかりしておりました。買い忘れたものがあるといって、夕方、ちょっと出かけましたが」

主が呼び出してわざわざ尋ねているのに、女中頭ともあろうものが、うっかり忘れるなんてことがあるだろうか。女中頭のたがゆるんでいれば、下の女中はいわんやで、奥はぐだぐだになる。表面的につつがなくものごとが進んでいても、どこかにほころびがあらわれかねない。

「とすると、おのぶさんはおすえさんと同刻にいなかったことになりますね」

さゆがいうと、菊は軽くうなずいた。

「はあ、でも、おのぶはまもなく戻ってまいりましたが」

「ここにおのぶを連れてきなさい、すぐに」

腕を組んで黙りこくっていた安右衛門は、低く厳しい声でいった。

不穏《ふおん》な雰囲気を察したように、菊は硬い表情で出て行った。

のぶは、目鼻だちがお多福《たふく》を思わせる娘だった。笑えば愛嬌がこぼれるのだろうが、主に呼び出された今は、緊張からか表情はこわばり、細い目が暗く光っている。

「万引きをしろだなんて、私がおすえさんにいうはずがありません。そんな恐ろしいことを考えたこともありません。おすえさん、ひどいわ。自分が悪者になりたくないからって、旦那さまに作り話をするなんて」

うらめしげにいい、のぶは目頭を押さえた。

「そのうえ、盗ったものを私がとりあげていたなんて。私にどんな恨みがあるのよ。……旦那さま、もし私をお疑いなら、どうぞ、荷を改めてください」

「私が確かめてまいりましょう。ふたりの行李《こうり》を見てまいります、いいですね」

女房がいった。女房は菊と出ていく。

戻ってきた女房は根付と国芳の錦絵を手にしていた。ほっと、すえがはいた息が聞こえた。

「ございました。ですが……これはおのぶのではなく、おすえの行李の中に入っておりました」

女房が硬い声でいった。

「あたしの行李の中に……どうして」

すえの肩がすとんと落ちた。すかさずのぶが胸をおさえた。

「よかった。私の荷の中にそんなものがあるはずがないもの」

のぶがいうように、これまでの話は全部、すえの作り話なのだろうか。膝《ひざ》においたすえの手が震えている。

そのとき、すえを見つめるのぶの目がふっとゆるんだ気がした。

すえは、のぶが万引きするところを見張っていたといった。それが真実なら、すえが捕まるところも見ていたに違いない。のぶはこうなるかもしれないと予想もできたはずだ。

万引きした残りのふたつ、扇子と草鞋はどこにあるのだろう。

さゆはすえに向き直った。

「おすえさん。草鞋はどこにおいてあるの？」

「私、とってません」

「そうじゃなくて、私が聞いているのは、女中さんたちが日頃使っている草鞋の置き場所がどこかってことなの」

きょろりとのぶの黒目が動いた気がした。

「勝手口の土間の脇に棚があります。そこに草鞋や庭道具などを置いています」

「見せていただけますか」

　さゆがそういうと、女房が立ちあがった。さゆはふりかえって民を見た。

「お民さん、まいりましょう」

　勝手口のあがりかまちに、若い女中が腰掛けていた。湯屋から帰って来たらしく、首に手拭いをかけたままだ。女中は女房とさゆに気が付くと、主の客人だと思ったのだろう。丁寧に頭をさげた。

「いらっしゃいまし」

「こんばんは」

　棚の前に立った民は、すぐに一足の草鞋を手にした。

「あの……その草鞋がどうかしましたか？」

　座っていた女中が身をのりだした。

「これ、誰の草鞋？」

「わ、私のです。まだおろしたばかりで」

「どこの店で買ったんですか？」

「買ったんじゃないんです……もらったんですよ」

「誰から」

「誰からって……おのぶさんからです」

「おのぶさんから？」

みるみる民の目が大きくなった。民は振り返ってさゆを見た。

「やっぱり、おすえさんのいったことがほんとだよ。おすえさんにおのぶさんが万引きするようにいったんだ。だって、これ、うちで売っていた草鞋だもの」

民が吐き捨てるようにいった。

湯屋帰りの女中はあたふたしながら、女房の後ろで慄然《りつぜん》としている菊とのぶに目をやった。だが、民はかまわず続ける。

「うちの草鞋の鼻緒には、履き心地をよくするために木綿布を巻いているんだ。あたしが一足一足とりつけているんだ。だから、布の柄《がら》は全部覚えているんですよ。この紺絣《こんがすり》の草鞋はこの間、盗られた草鞋だ。間違いない」

「娘さん。ほかに、おのぶさんから最近、もらったものありませんか」

さゆが尋ねた。女中はすっかり縮み上がっている。

「おたつ、正直に答えなさい。おのぶからもらったものはこれだけ？」

女房が低い声でいった。

「……朝顔が描かれた扇子をもらいました」

女房は、たつと呼ばれたその娘を手招きした。

一度その場から姿を消した女房とたつは、扇子を手にして戻ってきた。

「これで、おすえさんがいっていたことが本当だったと、はっきりしましたね」

伊織の声がした。伊織と安右衛門が並んで立っていた。その後ろに控えていたすえの袖を、のぶが乱暴に引っ張った。

「おすえが私にくれたのよ。扇子も草鞋も。そうでしょ。おすえ！　正直にいいなさい。自分が盗って私にくれたって」

「……離してください。盗んで来いっていったのは、おのぶさんです。離れて見張っていたおのぶさんは、草鞋や扇子、錦絵を私から奪い取って、おまえは盗人。お縄になりたくなかったら、これからも自分のいうことを聞けと……」

「うそつきうそつき！」

すえにむしゃぶりつこうとしたのぶの手を伊織がとり、動きを封じた。

「おやめなさい。そんなことをしても何にもならん」

「今後のことを、考えなければならん。番頭さんを呼んでおくれ」

安右衛門はそういい、みなに座敷に戻るようにいった。

すえはようやく安心したのだろう。そのあとで、重かった口を開き、これまでのことを包み隠さず打ち明けた。

すえをいじめたのはのぶだけではなかった。たつはのぶの手下のようなもので、一緒になって、ものを隠したり、仕事の邪魔をしたり、足をひっかけたりして、涙ぐむすえを笑ってみていたという。ほかの女中も、のぶを恐れ、いじめには加わらないまでも、すえを無視した。女中頭の菊はそれを知っていて、見て見ぬふりを続けた。

たつは、すえが来る前は、自分がいじめられていて、またその立場に戻るのが恐ろしかったからのぶに加担したといい、すえに万引きをさせていたのは知らなかったと泣いた。

自分の悪事が暴かれるのを、のぶは座敷の隅で顔をふせたまま、聞いていた。ときどき感情を抑えきれないように、こぶしで自分の膝を叩いたり、腰を浮かして出て行こうとしては、隣に座った菊に押さえこまれた。

のぶは女中頭の菊の姪という縁で、五年前からこの店に奉公していたという。

「こんなことをそちらさまにお頼みするのは恐縮なのですが、もしできましたら一晩だけ、おすえを預かってもらえませんか」

やがて女房がおずおずと、さゆと民にいった。すえが夜を過ごすのは女中部屋で、たつをはじめ、ほかの女中たちと一緒である。安右衛門が手をついて続ける。

「今晩中に、番頭と私、女房の三人で、おのぶ、おたつ、そしておすえをどう処遇するか、決めるつもりです。今後のことがあいまいなままで、おすえを女中部屋に戻すのはどうにも……どうやらみんなして、おすえをいじめていたようで」

「……うちの店で万引きした娘を泊めてくれといわれても……うちは番小屋で一間しかないし。……おさゆさん、お願いできませんか」

民がさゆにいった。民がすえを泊めるのもおかしな話だが、さゆはそれ以上だ。万引きされた隣の家に住んでいるというだけの細い縁である。だがさゆはうなずいた。

「……わかりました。おあずかりいたします」

すかさず、にやっと笑った伊織に、さゆは頰をふくらませてみせた。

蒲公英では人の話をただ聞くだけで、深く立ち入らないように気を付けていると、さゆは前に伊織に話したことがある。それ以来、さゆが人の世話を焼くところに遭遇《そうぐう》すると、伊織は嬉しそうな顔で笑うのだ。おさゆさんは困った人を見過ごすことができない性分ですよ、といわんばかりに。

「ありがとうございます。本当に助かります。朝にはこちらから迎えにまいります。明日は、おすえを連れて、盗んだ店に謝りにまいりますので。それでよろしいでしょうか」

そう主がいったときだった、突然、隠居の亮太郎が座敷に入ってきた。恰幅《かっぷく》がよく、金太郎が老けたような整った顔立ちをしている。

亮太郎は団扇をつかいながら、驚いたようにみなを見回した。

「騒がしいと思って、きてみたら。どうしたんだ。こんな時刻にみんなして集まって……」

「お父さん、これには事情があって……」

さゆと亮太郎の目があったのはそのときだ。しまったとさゆが唇をかむ。

「おさゆさん、どうしてうちに……」

「ご存じなんですか？　本小田原町の茶店のおかみさんを……」

安右衛門が亮太郎にいった。

「茶店？」

「三月前に新たに開いた、団子とお茶を出す店だそうですよ」

女房がいい添える。

「いや、この人は……」

瞬間、さゆは唇に人差し指をたてて、亮太郎に口止めをした。何が何だかわからないという表情ではあったが、川柳の名手の亮太郎は察しよく、とりあえず口を閉じた。

だが、亮太郎は息子だけには打ち明けていいかというように、安右衛門を指さす。しかたなく、さゆはうなずいた。

亮太郎が耳打ちしたとたん、安右衛門はかっと目を見開いた。さゆを見て、声にだサず、「いわし屋」とつぶやく。いわし屋は日本橋はもとより、およそ江戸でも知らぬ人がいない大店だ。

「で、こちらは」

亮太郎が伊織に向き直った。

「池田家のご用人の宮下さまだそうです」

女房がいった。

「池田家ということは……もしや、北町奉行の？」

亮太郎がそういったとたん、安右衛門と女房、いや、その場にいた三枡屋の全員が一寸ばかり飛び上がった。

「よくご存じで」

伊織は困ったような表情で頭に手をやる。

「池田家といえば、おさゆさんの……」

さゆがまた唇に指を立て、亮太郎は口を閉じた。亮太郎は池田家がさゆの元の奉公先だと知っていたらしい。安右衛門が伊織を見上げた。

「ご用人ということはまさか、内与力でいらっしゃるとか」

「……でござる」

しぃ〜んとしてしまったのは、大店の三枡屋をもってしても与力は雲の上の人物に等しく、そのうえ、たった今まで、よりによって女中の万引きの話をしていたからに他ならない。

「ただし、今は非番でござる。私は何も聞いておりません」

しゃらっといった伊織にうなずき、さゆは手をついた。

「それではそろそろ、失礼いたします」

さゆが立ち上がり、伊織、民、すえが続く。

「おさゆさん、お元気そうでよかった」

「亮太郎さんもお元気で何よりでございます」

亮太郎はものいいたげにしていたが、さゆは逃げるように三枡屋の外に出た。民の前で、身元を明かしたくはなかった。人がいいことは折り紙付きだが、民夫婦に知られればまたたくまにいわし屋のことが近所中に広まってしまうだろう。蒲公英は大店のばあさんの酔狂《すいきょう》と思われ、さゆが何者でもない茶店のおかみをやり続けることができなくなる恐れがあった。

あたりはすっかり暗くなっていた。

通りに出た途端、伊織はとんだ油をうってしまったが、まあ、事情を話せば殿様もわかってくれるだろうとつぶやき、奉行所に走って戻っていった。

「おさゆさん、恩にきます。あたしとうちの人じゃ、こうはいかなかった。おすえさんを万引き犯にして終わりだった。そのうえ、おすえさんを今晩、引き受けてもらって……」

「これも世のなりゆき。お民さんが気にすることないわ」

「これからおさゆさんに頭があがんない」

何度も頭を下げ、佐吉が腹を減らして待っていると、民も駆けていく。

大きな月が出ていた。

さゆとすえはふたつの影を作りながら、人気の少なくなった通りを歩いた。

盛夏になれば夜も蒸すが、今はまだ夜風が気持ちいい。

通りの向こうに灯《あか》りが見えた。さゆはその灯りを指さした。

「あそこに蕎麦《そば》屋の屋台が出てる。蕎麦をたぐりましょうか、おなかすいちゃったわね」

屋台の腰掛に座り、蕎麦を食べながら、すえは涙をこぼした。

「あたし、なんてことしちゃったんだろう。なんで、そんなことはしない、わたしにはできないって、きっぱりいえなかったんだろう。あたし、汚れちまった」

その夜、すえの布団から、忍び泣く声が聞こえた。

さゆは、すえにひとことだけ声をかけた。

「明日は晴れるといいね。おばさん、腕によりをかけて、美味しいご飯を炊《た》くからね」

今は泣いていい。目が腫れるほど泣けばいい。それだけのことをすえはしてしまったのだ。だが、その痛みは、すえをきっと大人にすると信じたかった。

翌朝早く、さゆはすえを瀬戸物町の福徳稲荷《ふくとくいなり》に誘った。泣きすぎて目が腫れていたが、すえは長いこと、神妙な面持ちで手を合わせていた。

帰り道で通りかかった棒手《ぼて》ふりの魚屋から生きのいい鯵《あじ》を買い、さゆは飯を炊いた。

ふたりで鯵の塩焼き、わかめの味噌汁、納豆、大葉をはさんだきゅうりの浅漬け、白いご飯のお膳を囲んだ。

今日は、三枡屋で働き続けられるか、すえの運命が決まる日でもある。

すえは、絵草紙屋のみなと屋をはじめ、扇子屋、筆屋、そして民の番小屋をまわり、主とともに頭を下げ、金を払ってこなくてはならない。いくらのぶにいわれてしたこととはいえ、先方には関係がなく、盗んだすえにきつい言葉を投げかけもするだろう。

けれどこれを乗り越えなければ、すえは過去と向き合うことはできない。今日がすえの正念場でもあった。

すえは朝餉を気持ちいいほどきれいにぺろりと平らげた。米粒ひとつ、魚の身の端ひとつ残っていない飯椀と皿を見ながら、さゆはこの食欲は健やかな若さだと微笑んだ。

「魚を本当に上手に食べるのね、さすが漁師さんの娘ね」

器を洗いながら、すえはいう。

「漁師の娘というと、子どものころから刺身を食べていた？　っていわれるけど、うちじゃ、煮魚ばっかりだったんです。煮魚だとひと鍋でみんなのお菜ができるから。でもたまに塩焼きのこともあって。それが待ち遠しかった。魚を焼いてくれるのは、ばばちゃんで」

「私と似てるおばあさん？」

「はい。鯵の塩焼きを食べてたら、ばばちゃんのこと、思い出しました。私がやったことを知ったら、ばばちゃん、泣くよね」

またすえの目の縁《ふち》が赤くなった。すえの父親は漁師、母親は魚の行商していたので、祖母が子どもたちの世話をしてくれたという。

「姉さんたちは十二になると母親と同じように籠に魚を入れて、行商をするようになったけど、……私は江戸に出るといったんです。一生行商をして、漁師の女房になる覚悟がなかったから。江戸に行けば少しは楽しいことがあると思って。……おさゆさんも女中をしていたんですよね」

「ええ。奉公していましたよ」

「辛いこともありましたか」

「そのときどきで大変なことはあったけど、女中仕事が私にあっていたんでしょう。でなければ、長くは続けられなかったでしょうから」

「あたしの年のころは何をしてたんですか？」

「下働きよ。よく叱られていたわ。何もできなかったから」

「おさゆさんも叱られたの？」

「ええ。右往左往《うおうさおう》するばかりだった。教えてくださいっていえれば、もっと早くいろんなこと、覚えられたのに。そういえばいいことも、わからなかったの」

「おさゆさんも？」

すえは素直な娘だった。きっと上の者のいうことをよく聞き、かわいがられもしたのだろう。だがそうでない者にとっては目障《めざわ》りな存在だったのではないか。のぶたちがすえをいじめたのは、そのせいもあってのことではないか。

「おすえさん、わからないことがあったり、辛いことがあったら、人に聞いたり、相談していいのよ。これからはそうなさいな」

「はい……」

「もし三枡屋さんがこれからも働かせてくれるといったら、一生懸命、つとめることよ。そうすれば信用を取り戻すことはきっとできる。……それともうひとつ、いっていい？」

「もちろん」

「過《あやま》ちを悔《く》いて、自分を責めてばかりではやりきれない。これからはおすえさんが、おすえさんのいちばんの味方になってあげてね」

「あたしが自分の味方？」

「そう。自分のことを応援してあげてほしい」

すえは唇を引き締め、うなずいた。

やがて、三枡屋の主と女房がそろって、すえを迎えに来た。お世話になったと何度も頭を下げ、素麺《そうめん》と、かごいっぱいのどんこの干し椎茸《しいたけ》を差し出した。

それから女房は、のぶが夜逃げをしたと厳しい表情でいった。

そして三枡屋では三年前に一度、若い女中が万引きしてつかまったことがあったと続けた。

「それも、もしかしたらおのぶの仕業だったかもしれません」

すえが万引きをしたといったとき、血相を変えるとばかり思っていた主と女房がただ渋い顔になったようにみえたのは、そのためだったようだった。

「お菊は引継ぎを終えたら、責任をとってやめたいと申し出てきましたので、今月いっぱいで出て行ってもらうことになりました。おたつは心を入れ替えて働きたいといいますので、様子をみたいと思います。そして、おすえ、おまえのことだが、おまえ自身はどうしたい？」

すえはぐっと唇を一文字に引き結び、両手をついた。

「どうぞ三枡屋においてください。一生懸命、働きます。どうぞ、私を三枡屋で働かせてください」

女房と主が顔を見合わせ、うなずきあった。

「では、すべての店に謝りに行ったら、一緒に店に帰りましょう」

女房が微笑んだ。

三人を見送りながら、さゆは思った。

しくじったことがない人はいない。つまずいて転んでも、歯車が狂ったとあきらめることはない。この世の終わりではないのだ。

きちんと始末をつけさえすれば、その先にも新しい世界が待っている。

おすえさん、がんばれ。

さゆは、その小さな後ろ姿に向かってつぶやいた。

第二話　空蟬《うつせみ》の証《あかし》

今朝も、ふくはわらび餅《もち》を、伊兵衛《いへえ》はわらび餅と団子《だんご》一本を注文した。

「口の中で溶けるような、この味わいが癖《くせ》になってきたよ」

「まず団子を食べて、お茶を飲んでしばらくしてからわらび餅を食べる。この順番でなくちゃな」

きな粉と黒蜜をたっぷりかけたわらび餅は、女たちに評判になっているが、少しでも腹にたまるものがいいという男たちは相変わらず団子派だ。両方食べたいという伊兵衛のような、懐《ふところ》に余裕がある者もいる。

冷茶とわらび餅をはじめて、売り上げも少し上がった。赤字でなければいいという思いではじめた店だが、儲《もう》けが出ると自分でも驚くほど喜びがこみあげる。

「今日も暑くなりそうだね」

客のお盆をさげていたるりに、ふくが声をかける。るりは顔もあげずにぼそっといった。

「……夏だから」

「そりゃそうだ」

「違いない」

このごろでは、るりの木で鼻をくったような返事にも、みな慣れっこになり、多少なりともやりとりが成立するようになった。

わらび餅をだすようになり、団子の仕込みはこれまでの半分にした。

団子の生地つくりと、わらび餅つくりは、るりにまかせず、さゆが相変わらずひとりでやっている。るりの朝の仕事は、団子の生地を丸めて、蒸して、串にさすことと、わらび餅を切り分けることだ。

店の壁には「冷茶、はじめました。六文《もん》」と「わらび餅、はじめました。六文」という張り紙が並んでいる。どちらにも、るりの絵が添えられていた。墨一色で、きな粉と黒蜜を描きわけたわらび餅の絵に目を留めて、ほめてくれる客もいる。

昼前の、客が少なくなった時刻に、隣の民《たみ》が顔を出した。

「これ、食べて。美味《おい》しかったから」

黄色い甜瓜《まくわうり》を三つばかり、さゆに手渡した。

「美味しそう。この間、いただいたいんげんや茄子《なす》も美味しかったわ。ああ、いいにおいだこと」

さゆが甜瓜を鼻に近づけて息を吸い込む。芳醇《ほうじゅん》な香りにうっとりする。

すえのことがあってから、民はたびたび野菜や水菓子をおすそわけしてくれる。茄子を二本、いんげんをひとつかみ、ししとうを三本というように、一人暮らしのさゆの負担にならない分量を、「はい」とさりげなく持ってきてくれる。

「井戸にぶら下げて冷やしておいたから、食べごろよ」

「ほんとだ。ひんやりしてる。いつもすみませんね」

「いいってことよ。こっちもお世話になりっぱなしだし。それじゃお邪魔様」

民が出ていくと、さゆはるりにいった。

「お客さんがいない間に、甜瓜をいただきましょうか」

さっそく甜瓜を包丁で四つに割り、皮をむき、一口大にした。

皿にのせて、店に運び、いただきますと手を合わせる。

じゅわっと口いっぱいに汁が弾けた。ほんのりと甘く、かすかに花のような匂いもする。

「今年いちばんの甜瓜ね」

うっかりすると、口元から汁があふれそうだ。

「お民さん、野菜や水菓子を見分ける目が確かなの。籠《かご》の中のいちばんいいやつをぱっとつかむんだって。棒手《ぼて》ふりが目利《めき》きだってほめてた」

「へえ」

「実家は小梅村《こうめむら》で米と野菜を作っているんだって。でも、それだけが理由じゃないわ。鼻がきくのよ」

「鼻?」

「そう。水菓子を奮発するときは、お民さんにお願いしたいくらい」

るりは感心したようにうなずいた。

午後の分の団子を餅箱に入れ終えると、るりは襷《たすき》と前掛けを外した。蒲公英《たんぽぽ》の襷と前掛けは、暖簾《のれん》の蒲公英という文字と同じ、山吹色《やまぶきいろ》だ。蒲公英の花を思わせると選んだ色だった。さゆには派手《はで》だが、るりにはよく似合っている。

愛想が悪い、女らしくない、仏頂面《ぶっちょうづら》だといわれがちなるりだが、肌には若々しい張りがあり、働きぶりは生真面目《きまじめ》そのものだ。

「ひとつ、甜瓜、持っていく？」

「……いりません。家で食べても味がしないから」

るりの愛嬌《あいきょう》とは縁のない顔に、影がさした。

るりは家族と折り合いが悪かった。

親や兄夫婦は、るりにはその気はないとわかっていながら、いまだにるりを嫁《とつ》がせようとしている。

――さっさと再婚しろ。稼《かせ》ぎがあるなら誰だっていい。今度嫁いだら、夫婦別れなどするな。相手に文句などいえる義理か。何があっても呑《の》み込んで辛抱《しんぼう》しろ。

とどのつまり、家族はるりに、自分を殺して生きろといい続けている。それが女の幸せと決め込んでいる。

よかれと思っているところが、やっかいなのだ。説を曲げない。ぶれない。

いくらいっても耳を貸さないるりを、家族は今ではやっかいもの扱いしている。自分が本当にやりたいことをしたい。望まないことはしたくない。そういう生き方を、ただのわがままと切り捨てていいのか。それではあまりにむごいのではないか、とさゆは思う。

この瞬間、さゆはあのことを、るりにいおうと決めた。

人の話に首をつっこまない、生き方に関わることには立ち入らないという自分で決めた則を超えてしまったと思ったが、居場所のないるりを見ていられなかった。世の中にはるりの味方もいるとも伝えたかった。

るりはさゆの話を聞き終えると、顔をあげた。

「……できるかな？　そんなこと」

「そういう道もあるんじゃないかと」

るりは、こぶしをにぎりしめ、こくんとうなずいた。

わらび餅をはじめてから、今まで鉄瓶《てつびん》用に使っていた火鉢《ひばち》を下げ、長火鉢だけにした。ふたつある五徳《ごとく》のひとつにはお茶用の鉄瓶をかけているが、団子の注文があれば、鉄瓶をはずし、団子を焼く網をかけ、もうひとつの五徳にはたれを温めるための小鍋をのせる。

冷茶を頼む人も多く、この長火鉢ひとつですめば、暑い夏もなんとか乗り切れそうだった。

夕方、数日ぶりに、小夏《こなつ》がやってきた。

小夏は唯一、さゆが胸の内を打ち明けられる友人で、すえのことを話したくて、今日来るか、明日来るかと首を長くして待っていた。

「風邪《かぜ》ひいちまって……ようやくしゃっきりした」

小夏はそういって、苦笑いをした。さゆは眉根《まゆね》をひそめた。

「夏風邪？」

「喉《のど》が痛いくらいで大したことはなかったんだけど……。風邪といってもあなどれないでしょ。用心して五日ほど家にじっと籠《こも》っていたのよ」

「大変だったわね」

「こじらせたら大事《おおごと》だから。でも背中を丸めて家にいると気持ちも鬱々《うつうつ》して、外に出るのが億劫《おっくう》になっちゃってね」

「小夏ちゃんが出不精《でぶしょう》になりかけたの？」

口をへの字にして小夏がうなずく。

すると昨日、嫁の勝《かつ》が小夏にいったという。

――お姑《かあ》さん。毎日、同じ着物を着てらっしゃいますよ。こんなふうにしていたら、老け込むばかりじゃありませんか。

勝は、おとなしく、波風をたてるのを嫌う、いってみれば出来た嫁だ。

「よっぽどだったのねぇ。お勝さんがそんな思い切ったことをいうなんて」

「……かちんときたわ、さすがに」

「なんでかちんとくるのよ」

「癪《しゃく》に障《さわ》るじゃない。同じ着物を着てるとか老け込むとか。あたってるだけに、いってくれるなと思うわよ」

小夏はお茶を飲み、また続ける。

「それで私、なにくそと、気力をふりしぼって今日、お茶の稽古《けいこ》に行ってきたのよ。いつか家に籠るようにはなるわけだけど、今じゃないって自分にいい聞かせてさ。で、その帰りに寄ったたってわけ」

「なにくそとは、小夏ちゃんらしい。とすると今日、小夏ちゃんがここにこられたのはお勝さんのおかげなのね」

「お勝が何をいおうがいうまいが、そろそろ外に出ようとは、思ってたけどね」

小夏は小鼻をふくらませる。

「そんなことより、万引きのことよ」

お茶の稽古のあとで、みなと屋のおかみと会って話したのだろう。すえの顚末《てんまつ》はもう小夏の耳に入っていた。

「ただの万引きじゃなかったとはねえ。あの年頃、難しいんだよ。おすえって娘は十四、命じてた娘は二十。ちょっとしたことでむしゃくしゃする年頃だし」

わらび餅を気持ちよいほどパクパクと食べながら、小夏はいった。食欲は変わらずだ。

「そうね、体も変わるし、気持ちも子どもから大人へ変わる。嫁入りのことやらだってあるし、いろいろ揺れる時期よね」

「二十歳を三つ四つ過ぎれば、いずれにしても多少は落ち着くもんだけど」

「落ち着く人のほうが多いけど、そうとも限らない人だっているわよ」

「結局は人によるか」

うなずいて、さゆも冷茶を飲んだ。

「万引きしたほうじゃなくて、させたほうの娘はどうなったの？」

夜逃げしたらしいと、さゆが答えると、小夏は短くため息をついた。

「まだ二十だと思うと哀れな気もするね。これからが長いからねぇ。今しか見えない娘に何をいっても無駄かもしれないけど」

小夏は明日、芝居を見に行くという。

「三代目尾上菊五郎《おのえきくごろう》の『天竺徳兵衛《てんじくとくべえ》韓噺《いこくばなし》』がかかってんだもん。見逃す手はないでしょ」

「風邪から復活したばかりなのに。お元気ですこと」

「前から決めていたからね」

「天竺徳兵衛って、鶴屋南北《つるやなんぼく》だっけ？」

「そう。菊五郎がずぶ濡れになるの」

この芝居の見どころは、捕り手に追われた主人公の徳兵衛が本物の水がはられた池に飛び込み、全身ずぶ濡れになったと思いきや、瞬《また》く間に別の役に早替りして再登場するところだ。

「水もしたたるいい男を見に行くわけね」

小夏は芝居見物のために作った着物を下ろすといって、うふんと笑った。息子夫婦に身代を譲った今、小夏は道楽には銭を惜《お》しまない。

「でも明後日は家でおとなしくしてるわ。芝居を見た次の日はぐったりだから」

芝居は、明け六つ（午前六時頃）から始まり、暮七つ半（午後五時頃）まで続く。そのため芝居見物の日は、七つどき（午前四時頃）から支度をはじめ、帰りは夜になる。朝から晩までの長丁場だ。

「お茶の稽古だ、芝居見物だと、いい御身分ですこと」

「五年前に亭主が逝《い》っちゃったでしょ。女を作ったりいろいろ苦労もさせられたけど、死ぬときはあっけなくてね。この世とあの世は地続きだって思わされた。いつあっちにいくのかなんて、誰にもわからない。ただ必ずいつかあっちに行く。だから、こっちでは動けるうちに動いて、遊べるうちに遊んでおかなくちゃ。あとになって、あれをやっておけばよかったって悔《く》やむなんてつまらないもの。おさゆちゃんと一緒に遊べたら、なお楽しいに違いないけど。……おさゆちゃん、ずっと茶店をするつもり？　わき目もふらず働き続けて一生を終えてもいいの？」

さゆは苦笑した。

「まだ茶店をはじめて三月しかたってないのよ。半年、遊び惚《ほう》けてこれじゃだめだって、思い切ってはじめたことだもの。当分はやめないわよ」

そう答えたが、小夏のことばはちょっとこたえた。好き好んで、さゆが苦労をしているというように聞こえなくもなかったからだ。

命には限りがあると、さゆもわかっている。

自分の残りの時間をどう生きるかと考えてこの店をはじめたつもりだったが、それで命を終えてもいいのかと改めていわれると、少し複雑でもあった。

翌朝早く、裏長屋の前に大八車《だいはちぐるま》が据《す》えられ、平太《へいた》とよし夫婦が荷物を運びはじめた。いよいよ引っ越しである。

さゆは炊《た》き立てのご飯に叩いた梅干しとたくあん、花鰹を混ぜたおにぎりを竹の皮で包み、よしにそっと手渡した。

「これ、おなかがすいたら召し上がって」

「わざわざすみません」

子ども三人の五人家族だが、布団《ふとん》と衣類、鍋釜、七輪、火鉢、板の間に敷く薄《うす》縁《べり》、平太の仕事道具など荷物のすべてが、大八車ひとつにおさまった。

出立《しゅったつ》の時間がくると、差配人《さはいにん》もやってきた。長屋中の人が平太たちを取り囲む。

「お世話になりました」

「これまでありがとうござんした」

「この子らの声が聞こえなくなると、寂しくなるよ」

「ほんとは引っ越しなんかしたくないんだけど……」

「あっちは二間だろ。手足を伸ばして寝られるよ。でも、たまには顔をみせておくれよ」

みな名残《なごり》を惜しんでいる。よしは首にかけた手拭《てぬぐ》いで何度も、目をぬぐった。

よしと平太はふたりが一緒になった八年前から、この長屋で暮らしていたという。

平太は後ろに立っていたさゆの前にわざわざやってきて、頭をさげた。

「おさゆさん、短い間だったが世話になりやした。大工仕事があったら、いってお
くんなさい。いつでも駆け付けますから」
「お元気でね」
「おばちゃん、これ」
四つになる下の男の子が、さゆの手の平に蟬《せみ》の抜け殻《がら》をのせた。男の子の着物に
は、蟬の抜け殻が七つも八つもひっついている。
「もらっていいの？」
「あげる。……おやつ、うまかった」
「近くに来たら寄ってね。なにかこしらえてあげるから」
「うん。約束だよ」
子どもたちがさしだした小指に、さゆは自分の指をからませた。
大八車がぎしぎしと車輪をきしませて、一家が引っ越していく。急に静かになっ
た気がした。
入口を開けっ放しにしたまま、差配人が空になった長屋の中に入った。手直しが
必要なところがないか、見ているのだろう。
間口九尺（約二・七メートル）、奥行二間（約三・六メートル）、腰高障子を隔《へだ》て、
約一畳半の土間があり、煮炊きをする竈《かまど》が据えられている。

四畳半の板の間の先には、長屋には珍しく縁側があり、隣の板塀との間の猫の額《ひたい》のような庭に、アオキと椿《つばき》が植えてあるのが見えた。

入口は東南に面しているので、縁側は西北ということになる。

仲のいい家族が住んでいたせいだろうか、いい気が流れている感じがした。

家に戻ると、よしの子からもらった蟬の抜け殻を、さゆは茶の間の簞笥《たんす》の上に飾った。蟬は芋虫の姿で土の中で暮らし続け、時期がくると地上に這《は》い上がり、みなが知っている蟬となる。その時に脱ぎ捨てるのがこの抜け殻だ。

ようやく地上に放たれたのに、空を飛び、羽をふるわせ鳴いて、命を謳歌《おうか》できるのはわずか数日といわれる。

奉公《ほうこう》していたおり、蟬の抜け殻を見つけ、「死ぬために外に出てくるなんて蟬はかわいそうだ」とつぶやいた女中《じょちゅう》がいた。だが、美恵《みえ》は「そうかしら」とやんわり異を唱えた。

さゆも、かわいそうだと思うなんて、やっとのことで外に出てきた蟬に申し訳ないと思った。土の中から出ることなしに命を終える蟬は、もっと多いかもしれないのだ。

どの生き物にも定められた生き方がある。

蟬の抜け殻、空蟬《うつせみ》は、その寿命をまっとうすることができた蟬だけが残せたもの。力強い生命の証《あかし》のような気がした。

「ぜひ、おふくさんもいってらっしゃいよ。水をしたたらせた、菊五郎の色っぽいことといったら……。若ければ、私も土間席の一番前で大騒ぎをしながら見たかったくらい。水しぶきを浴びた若い娘たちがきゃあきゃあいっちゃって、芝居小屋の屋根がふっとぶんじゃないかと思ったわ」

芝居見物した次の日は家でおとなしくしているといっていたのに、小夏はいつもより早い、ふくと伊兵衛がいる時刻にやってきた。『天竺徳兵衛韓噺』の話をせずにはいられなかったとみえる。

「そんなによかった？　そりゃそうよね。菊五郎だもの。まだお席、残ってるかな」

ふくはすぐに前のめりになった。

「探せばきっとあるわよ。でも、すぐに手配したほうがいいわ。桟敷《さじき》席は、ほぼほぼ満席だったから」

芝居小屋には桟敷席と土間席のふたつがある。桟敷席はさらに上下に、土間席も高土間、平土間、切り落としに分けられており、値段もピンキリだ。

切り落としと呼ばれる席が百三十二文（約三三〇〇円）なのに対し、舞台のすぐ前の席は土間二等席で銀十五匁《もんめ》（約三九〇〇〇〇円）、最上席の上桟敷席は銀三十五匁（約九二〇〇〇〇円）というのが相場だった。

土間席は割安だが、飲み物やお菓子、脇息《きょうそく》やふかふかの座布団はない。小夏たちが座るのは茶店が仕切る桟敷席だった。

「早速、聞いてみなくちゃ。いいお席があれば、伊兵衛さん、一緒に行かない？」

ふくに誘われた伊兵衛は顎《あご》をつるりとなでた。

「歌舞伎かぁ。恥ずかしながら、一度も行ったことがないんだ。商売商売で生きてきちまったから。……そんなにおもしろいものかね」

伊兵衛は一年前に隠居したばかりだ。女ばかり五人が次々に産まれて、六人目が待望の息子だった。その末っ子の息子が一人立ちするまではと、三年前に女房を亡くしてからも息子を補佐し、人が隠居する時期を過ぎても商売に励《はげ》んできた。

「伊兵衛さんも一度見たら、きっとはまるわよ」

伊兵衛は腕を組み、しばらく考えていたが、うなずいた。

「……行ってみるか。おふくさん、連れて行ってくれるかい？　迷惑じゃないかい？」

「迷惑だったら誘わないわよ。ただし、ぱりっとした着物を着てくださいよ。あれはどこの旦那《だんな》だって人目を引く一張羅《いっちょうら》をね。髪もきちっと結って、当代一の色男って風情《ふぜい》で決めてきて。そしたら私も鼻が高いってもんだ」

「このおれが色男？」

伊兵衛が自分の鼻を指さした。ふくが、ふふっと笑う。

「そう」

「じゃ、おふくさんは？」

「私はそうね……さしずめ日本橋《にほんばし》小町というところ。誰もそんなことといってくれないけどね」

「いいねえ、おふくさんの日本橋小町」

「そうと決まったら、さっそく茶屋に使いをだすわ」

伊兵衛とふくが帰ると、客は小夏ひとりになった。

「伊兵衛さんとおふくさん、楽しそう。まるで娘っ子と若い衆みたいじゃない。ふたりとも苦労したから、話が合うのよ。この店でお茶を飲むのが、毎日の楽しみだってこの間、いってた」

「ありがたいわ。私も、おふたりが来てくださるのが楽しみなの。……ところで小夏ちゃん、今日は寝て過ごすんじゃなかったの？　昨日のお疲れ、残ってませんか？」

さゆは小夏の顔を覗き込んだ。

「おふくさんも歌舞伎が好きでしょ。一刻も早くしゃべって聞かせたくて、出てきちゃった。いいの。疲れたら昼寝すればいいんだから。……ところで、裏長屋の大工一家が引っ越したんだってね」

「さすが小夏ちゃん、早耳ね。昨日がお引っ越しだったの」

「さっきお隣のお民《たみ》さんから聞いたのよ。次に入る人は決まっているの？　ここは場所がいいし、長屋もきれいだから、住みたいって人が多いんじゃない？」

「さあ、なんにも聞いてない」

「いずれにしてもいい人だといいわね。いい人までいかなくても、普通の人なら上等。おかしな人が越して来たら、近所は大変なことになるから」

小夏は、隣の裏長屋に数年前に引っ越してきた浪人《ろうにん》夫婦がとんでもない人物で、長屋の住人はもとより、近辺の人たちも戦々恐々《せんせんきょうきょう》していた時期があると声をひそめた。

浪人は当初、商家の書き役として働いていたようなのだが、やめたのかやめさせられたのか、とにかくあるときから一日中家にいるようになり、子どもが遊ぶ声にも怒鳴《どな》り散らすようになった。

「こぶしをふりあげて出てきて、子どもを追いかけまわすこともあって」

「……子どもを？　大の大人が？」

「怖かったと思うわよ。血相変えて突然、『うるさい』って叫びながら家から出てくるっていうんだから。多少のことは勘弁してくれないかって、長屋の人たちがいっても、耐えがたい、しつけをちゃんとしろって、かえって声を荒らげて、取り付くしまがなかったんだって。お侍だから、あんまり強くもいえないし。何か子どもにあったら取り返しがつかないと、泣く泣く引っ越していく人もいたの」

しばらくして浪人が日雇いの仕事にでるようになって、長屋中がほっとしたのもつかのま、朝夕の話し声や赤ん坊の泣き声がやかましいと、頭に血を上らせるようになった。

「日雇いは、毎日仕事があるわけじゃないからさ」

長屋内だけでなく、近所の三味線《しゃみせん》の師匠にも、家を建てていた大工にも、蕎麦《そば》屋にも、浪人は執拗《しつよう》にかみついた。

――お互い様じゃないか。誰だって子どものころはあっただろ。あんただって。夜泣き――そういう商売なんだからちっとは大目《おおめ》にみてもらえないか。魚心《うおごころ》あれば水心《みずごころ》というじゃないか。

町役人が言葉を尽くして説得しても、埒《らち》が明かない。明かないどころか、町役人にもくってかかった。

浪人の女房に泣きをいれても、亭主の所業をとっくにあきらめているのか、はたまた亭主と同じ穴のムジナなのか、「自分のいうことなど聞く人ではない。静かにさえしてくれれば亭主も文句はいわない」というばかり。

だが、声を潜《ひそ》めて暮らし続けることなどできるわけがない。

この浪人夫婦がいすわるなら、同じ長屋の住人はもとより近所からも引っ越す人が続出しそうだというところまで追い詰められ、ついには同心《どうしん》が出張ってくれた。

だが、それでも簡単にはいかなかった。

この町で静かな暮らしは、はなから無理だから、もそっと田舎《いなか》に住むのがいいのではないかと、半年がかかりで夫婦を説得し、町役人と差配人は多少の銭も包み、やっとのことで引っ越してもらったという。

「引っ越した先でもたいがい、面倒を起こしてるだろうけどね」

「ぞっとするわね」

さゆの脳裏《のうり》に「宅を卜《ぼく》せず隣を卜す」ということわざがうかんだ。家を選ぶときに、家そのものより、隣近所にどんな人が住んでいるかを大事にせよという教えである。

その日の昼過ぎ、鮎《あゆ》が久しぶりに、お針の稽古帰りに蒲公英に顔をだした。

「このところ、暑い日が続いて、若い私でもへとへと。大叔母《おおおば》さま、夏バテなさってませんか」

　鮎は腰掛に座ると手巾《しゅきん》をだして、鼻の頭の汗を押さえた。

　おつきの女中のスミが「お邪魔します」と頭を下げ、鮎の隣に座る。

　鮎は実家いわし屋の主《あるじ》である甥《おい》の娘だ。幼いころ体が弱く、しょっちゅう熱を出していた鮎は、風にもあてぬように大切に育てられた。十六になった今でも、稽古事以外、外出することはほとんどない。

　さゆが奉公を終え、いわし屋の離れに住むようになったとき、誰より喜んでくれたのが鮎だった。

　鮎は毎日、離れに顔をだし、一緒にお茶を飲んだり、さゆの隣で縫物をしたりした。四十年ぶりに市井《しせい》で暮らす今浦島《いまうらしま》のさゆが退屈しないように気を使ってくれているのが、ありがたくもあり、かわいくもあった。

　本小田原町《ほんおだわらちょう》に引っ越す日に、さゆとの別れを惜《お》しみ、涙ぐんでくれたのも鮎だった。

　近頃は稽古事の帰りにときどき蒲公英に寄って、夕方まで茶の間で縫物をしたりする。蒲公英への立ち寄りだけは、鮎の母のきえも大目にみてくれていた。

「おかげさまでなんとか元気にやってますよ。冷茶、飲む?」

「冷茶をはじめられたんですね。いただきます」

差し出された湯呑《ゆのみ》を右手で取り、左手に乗せ、三口ゆっくり飲んだ。最初の一口は味、次は香り、次は色を楽しむという、煎茶道《せんちゃどう》のお手本のようなきれいな鮎のしぐさに、さゆの頰《ほお》がゆるむ。

いわし屋にいたとき、鮎はまだ子ども子どもしていたが、蒲公英に来るようになってから、その娘らしさに気づかされた。

それは、伊織《いおり》と無縁ではないだろう。伊織と話をしたり、ときには家まで送ってもらうようになり、鮎はどんどんきれいになった。人の後ろに隠れるようだった娘が、伊織の前で目を細め、笑い声をもらすこともある。

だが母親のきえは、呉服問屋の跡取りとの見合い話を進めたがっていて、先日はわざわざ蒲公英を訪ねてきて、鮎の幸せのためにさゆにも協力してほしいといった。

だが結局、その見合い話は鮎の踏ん切りがつかぬまま、断ったという。

団子を食べ終えたスミを「夕方、迎えにきて」と帰し、いつものように鮎は奥の茶の間で、縫物をはじめた。

まもなく職人たちがどどっと入ってきて、茶店は一挙に忙しくなった。さゆは団子を焼き、たれを温め、奥からわらび餅を運び、腰をおろす間もない。るりの帰ったこの時間が一日のうちでいちばん忙しい。

すだれ障子越しに、鮎が一心に針を動かす姿が見える。ときどき顔をあげ、鮎は物思いにふけるように縁側の先を見つめていた。

ようやく客が途切れたかと思うと、もう日が傾いていた。

「区切りのいいところで、お茶でもいかが」

さゆが声をかけると、鮎はふたつ返事で店に出てきた。

「暑いのに根をつめて針仕事をして。お鮎は偉いわ」

「大叔母さまの働きぶりを見たら、私が音《ね》を上げるわけにもいかないという気持ちになりまして」

いたずらっぽく鮎が目をくるりとまわしたそのとき、伊織が店に入ってきた。鮎の顔が明るく輝いた。

「お鮎さんもいらしていたんですか」

「はい。……お久しぶりでございます」

「伊織さま、座ってくださいな。まあまあ、汗びっしょり」

汗で、着物が伊織の背中にはりついたようになっている。

さゆが急いで絞った手拭いを渡すと、伊織は「かたじけない」と顔と首筋を拭《ふ》き、気持ちよさそうにため息をついた。仕事を終えて走ってきたという。

「その後のことが気になりまして」

すえのことだった。三枡屋《みます》は、伊織の家にもぬかりなく、礼の品を届けていた。

だが、その日、伊織は不在で、そのままになっていたという。

というわけで、その顚末をさゆは伊織だけでなく鮎にも語ることになった。

「なんで、そんなひどいいじわるをするのでしょう」

鮎がつぶやく。

すえが上の者にかわいがられそうな素直な娘だということへの嫉妬《しっと》もあるだろう。だが、すえをいじめる前は、のぶはたつをいじめていた。

いじめに人をひきずりこむことで仲間を作り、そういうやり方でしか人とつながれない者がいるとも聞く。

だが、すえに万引きまでさせたことを考えると、人を蹴落とす暗い喜びを、のぶは求めていたのかもしれない。人をいじめること自体を楽しむ者もいるのだ。

伊織はさらりという。

「いずれにしても、おすえさんが店に戻れてよかったですよ。迷惑をかけた店に謝罪に行ったというのも重畳《ちょうじょう》です。主夫婦がそれだけの覚悟を持っているなら、おすえさんの今後も、大丈夫でしょう」

「おすえさんは信頼を取り戻すためにがんばるといってました。張り切って働いてくれているといいのですけど」

「いずれ女中頭《じょちゅうがしら》にもなるかもしれませんね。おさゆさんとそっくりですから」

伊織がくっくと笑った。

「大叔母さまと似ているんですか、その娘さん」

「びっくりするくらい」

伊織は鮎に、すえがさゆのことを「ばばちゃんそっくり」といったことを語って聞かせると、鮎はくすくす笑った。

「世の中はわからないものですね」

「いや、ほんとに」

こうしてみると、ふたりはやはりお似合いという気もする。

鮎はすくいあげるように伊織を見つめた。

「お忙しいんですか？」

「相変わらず。殿様が御用繁多でしてね。今月は月番《つきばん》ではないにしても、終わりの見えない仕事を夜遅くまで続けておられますので、こっちものんびりぶらぶらしているわけにはいきません」

町奉行《まちぶぎょう》は江戸の治安、消防、衛生といった人々の暮らし全般を一手に引き受けている。

月番の町奉行は江戸中から持ち込まれた裁判をひとりで担当するが、それは仕事の一部に過ぎず、与力《よりき》や同心への指示、翌日の裁判の準備、凶悪な事件の捜査進展の確認、はたまた病《やまい》が流行《はや》ればその蔓延《まんえん》を防ぐ手立て、祭りの警備、町触れの原案の作成、老中《ろうじゆう》への報告なども行わなくてはならない。

非番の月も、評定所《ひようじようしよ》の会議やら、先に出された訴状の調べなどが山積《やまづ》みだった。激務のために、任期途中で体を壊した町奉行もひとりふたりではない。

内与力の伊織は、その手足となって忙しく立ち動いている。

それゆえ、さゆを訪ねてきても、用事をすませればいつも急いで帰っていく。今日も団子とわらび餅を一気に食べ、冷茶を飲み干すと、伊織はあわただしく腰をあげかけた。

「もうお帰りですか」

「ええ。隙《すき》を縫《ぬ》って飛び出してきたもので」

ふと気が付いたように、伊織は鮎を見た。

「もしよかったらお送りしましょうか」

鮎がええと口を開きかけた時、「お迎えに参りました」とスミの声がした。

「それでは、お先に」

伊織は軽く頭を下げる。鮎の口から短いため息が漏《も》れ出た。

それから数日して、鮎がまた昼過ぎにやってきた。茶の間で針仕事をしている姿を、すだれ障子越しに見ながら、鮎は伊織に会いたくてやってきたのだとさゆは思った。

会えば伊織は鮎に気軽に話しかける。口数の少ない鮎を伊織がときおり笑わせたりもする。奉行所への通り道だからと、自分から鮎を送ってもくれる。

だが伊織は鮎を女性として見ているのだろうか。先日、嫁取りの話をふったとき、伊織はまだ考えたこともないと、なんの気負いもなくいった。

伊織は誰とでもざっくばらんに話す。身分の上下にもこだわらない。相手が若い娘でも構えたりもしない。もちろん、鮎にも。

「今、何を縫っているの？」

針仕事を終えて店に出てきた鮎に、お茶とわらび餅をだしながらさゆは聞いた。

「夏用のお召しです。今日でやっとできあがりました」

鮎は久々に、はればれとした笑顔になった。

「見せてくれる？」

鮎は風呂敷包みから、透《す》け感のある象牙《ぞうげ》色地の着物を取り出した。

淡い桜色や水色の縞《しま》がうっすらと入っており、花織《はなおり》の模様が施されている。軽やかで、お召しならではのシャリ感と風合いが好ましい。

「縫い目がきれいだこと」

「あんまりじっと見ないでくださいね。アラが見つかっちゃうから」

「よくできてるわよ。この反物《たんもの》も鮎が選んだの？」

「色合いが気に入って。大おばあさまの形見の、若緑色の麻《あさ》の帯に合わせたいなと思っているんです」

「あら、いいわね」

鮎の大おばあさまは、さゆの母だ。

若緑……みずみずしい松の若葉のような浅い黄緑色の夏袋帯は、母のお気に入りだった。格子《こうし》模様と丸文が織り込まれていて、品のいい艶《つや》がある。鮎の若さを際立ててくれそうだった。

ひ孫の鮎が自分の帯を締めると知ったら、母はどんなに喜ぶだろう。母の笑顔を思い出し、さゆの胸に懐かしさがこみあげた。

さゆが三十九のときに、母は病で倒れた。使いが来て、池田《いけだ》家から見舞いに駆けつけると、母は苦しい息の中、さゆの手を握《にぎ》り、「ひとりで老いるのは寂しいよ。いい人がいたら一緒になるのよ」といった。母が旅立ったのは、それから三日後だった。

見合いを勧める母の言葉を、年頃のさゆは右の耳から左の耳に流し、最後まで母にさゆの行く末を案じさせてしまった。そんな自分は、親不孝な娘だと思わざるを得ない。

けれど、今、年を重ねたさゆがこうして元気にやっているのをみたら、母は「いつまでも好きなことをやって。小さいころから変わらないね」と苦笑してくれるのではあるまいか。

「その着物を着たときには、ぜひ見せてね」

「はい」

鮎が恥ずかしそうにうなずいたときに、供《とも》を外の長腰掛において、店にひとりの若い男が入ってきた。二十を少し過ぎたくらいの青年だった。

「よろしいですか」

中肉中背で色が白く、くっきりとした目鼻立ちをしている。かすかに、言葉に上《かみ》方《がた》のなまりがあった。小千谷縮《おぢやちぢみ》の淡い鶯《うぐいす》色の着物に、くすみ青の夏博多《はかた》帯を締め、今、流行りの細長い髷《まげ》を結っている。当世風で洒落《しやれ》た装いが板についていた。

「どうぞ、お好きなところにお座りくださいませ」

男は鮎とひとつ間をおいて座り、お茶と団子を二本、注文した。

「冷茶ではなく、熱いお茶でよろしいですか」

「冷茶もあるんですか。いや、でもやっぱり熱い茶をお願いします」

男はそういって、傍《かたわ》らであわてて着物を畳んでいる鮎に目をやった。

「ええ着物ですな。出来上がってきたんですか」

男は柔《やわ》らかい口調で鮎に話しかけた。

「いえ……お針のお稽古で私が」

「自分で縫ったんですか」

「……ええ」

知らない男から話しかけられ、鮎がどぎまぎしていることが表情からもわかる。

「ちょっと見せてもらえませんか」

「これを？」

「ええ。その着物を」

「とんでもない。お目汚しです……」

「きれいに縫ってあるじゃないですか」

男は着物をのぞきこむ。笑うと眉が下がって、右頬にえくぼができ、愛嬌《あいきよう》のある顔になった。

「花織もぼかしもきれいで、品がいい。そちらさんにぴったりだ。反物は自分で選びはったんですか」

「……はい」

「よく見つけたなぁ。こんな逸品を」

男は感心したようにいった。

さゆは、大ぶりの湯呑にぬるめに淹《い》れたお茶と団子の皿をのせたお盆を、男と鮎の間においた。男はお茶の匂い、色味などを見、それからゆっくり飲んだ。団子もゆっくり味わって食べる。

「なるほど、お茶も団子もうまい。人づてにいい茶店ができたと聞いて、いつか来てみたいと思っていたんですよ」

男はさゆに人懐っこそうにいう。柔らかな口ぶりには媚《こ》びめいたものがなく、しぐさも品がいい。それから男は、鮎が食べかけていたわらび餅を指さした。

「それ、うまいですか」

「ええ」

「だったら……私にもわらび餅をひとつお願いします」

男はわらび餅もきれいに食べた。きな粉をあたりにこぼすこともない。

「京菓子屋も顔負けの味わいですな」

ひとりごとのようにつぶやく。鮎はその間もちらちらと入口のほうに目をやっていた。迎えのスミがまだかというように。男と話すのが気づまりなのだろう。

それに気づいているのかいないのか、男はまた鮎に話しかけた。

「このお召しに、どんな帯を合わせますか」

「帯、ですか。あの……曾祖母《そうそぼ》の形見の夏帯を……若緑の」

「若緑か……」

「織の袋帯で、少し艶があるんです」

鮎はいい添えた。

「そちらさんのかわいらしさが浮き出ますな」

またさらりと誉《ほ》め言葉が飛び出した。男は鮎に向き直り、軽く頭を下げながら続ける。

「私、宗一郎《そういちろう》と申します。そちらさまは」

若い男に名乗られて、自分の名をたずねられることなど、鮎にとってこれまた初めてのことに違いない。鮎は目を丸くしつつ、小さな声でいった。

「……鮎と申します」

スミが迎えに来たのは、そのときだった。

「またお目にかかりましょう」

宗一郎は、店を出ていく鮎にそういい、自分も店をあとにした。

宗一郎は何者だろう。育ちのよさそうな男だった。供を連れているところからして、いいところの若旦那だろうか。

気になったのは男が鮎にかけた最後の言葉だ。

またお目にかかりましょう。

ただの挨拶《あいさつ》とは思えない。初対面の女に対しては、「それじゃ」が普通ではないか。百歩譲っても「それではまた」どまりではないか。

もしかしたらと、さゆの胸がどきっと鳴った。

翌日、さゆは小夏が来るのを心待ちにしていた。だがこういうときに限って、小夏はなかなか顔を見せない。じりじりとしているうちに夕方、暖簾をおろす時刻が近づいた。

「もう待っていられない」

さゆは早めに暖簾をしまうと、瀬戸物町《せともの ちょう》の山城屋《やましろ》に向かった。瀬戸物町は隣町で、次の辻《つじ》の先である。

山城屋は店構え三間半（約六・三メートル）の蠟燭《ろうそく》問屋だ。

蠟燭は、櫨《はぜ》の木の実を搾《しぼ》って天日《てんぴ》に干し、灰汁《あく》を混ぜるなどして木蠟《もくろう》を作り、紙の芯に塗り重ねて作られる。

普通の家で灯りといえば、安価な菜種《なたね》や鰯《いわし》の油などを燃料とした行灯《あんどん》である。高価な蠟燭を使うのは、大名《だいみょう》や旗本《はたもと》、大店《おおだな》や高級遊郭《ゆうかく》、料亭などに限られていた。

そうした屋敷や店でさえ、溶けて流れ落ちた蠟、「蠟涙《ろうるい》」を集めて、蠟燭の流れ買いに売り、使いまわす。それほど蠟燭は貴重なものだった。

思わず山城屋の前まで来てしまったが、わざわざ小夏を訪ねていくほどのことかと、さゆはいささか心もとなくなった。

店に入ろうか入るまいか。いや、引き返して明日、小夏が来るのを待ったほうがいいのではないか。

さゆが店の前をうろうろしていると、「あら、おさゆさん」と声がかかった。振り向くと、山城屋の女将《おかみ》で嫁の勝が腰をかがめていた。

「お姑《かあ》さん、おりますよ。どうぞ、お入りくださいな」

だが、家に入って話し込むほどのことではない。そのうえ、夕飯時でもある。

「あの……たいした用じゃないんです。お手数おかけしますが、小夏ちゃんをちょっとここに呼んでいただけませんか」

「でも……往来で立ち話なんて」

「いやほんとに、それほどのことではなくて」

「おさゆさんを家にあげなかったら、私が叱られますし」

「お勝さんがそうするように勧めてくださったけど私が断ったと、小夏ちゃんには伝えますから」

「そんなことおっしゃらず、どうぞ中に」

「いや、ほんとに。すぐ終わるんです」

さらに何度かやり取りをしたあと、勝はようやく小夏を呼びに行った。

すぐに小夏が出てきた。

「やあだ。あがっていってよ。お勝ったら気が利《き》かないんだから」

自分がここで話したいといったのだと、さゆは釘《くぎ》をさしたが、小夏は聞かない。

「夕食、一緒に食べていってよ。私が蒲公英にいくばかりで、おさゆちゃんがこっちに来るなんてめったにないんだから。といっても、お勝のお菜《さい》だから、ご馳走《ちそう》ってわけにはいかないけど」

さゆはこたえる代わりに、小夏に顔をよせて低い声でささやいた。

「ひとつ聞きたいことがあったのよ」

「何よ。真面目な顔をして」

「前に、うちのお鮎にいい縁談があるっていってたでしょ」

「もしかして、その気になったの？　お鮎ちゃん」

ぐっと小夏が身をのりだした。

「そうじゃないんだけど……その人の名前、憶《おぼ》えてる？」

「なんで？」

「なんでって……まあいいじゃない。さっさと教えてよ」

「いうわねぇ、さっさと、だって」

「知っているんでしょ」

「うん。長谷川町《はせがわちょう》の呉服問屋『難波屋《なんば》』の跡取りで、確か……あれ？　この間まで覚えていたのに……ああ、悔しい。名前が出てこない……いやだ……なんだっけ」

思い出せというように、小夏は自分の頭を指でこつこつとたたいた。

「宗一郎じゃない？」

さゆがいったとたん、小夏がぱっと顔をあげた。

「それだ。宗一郎よ」

やっぱりと、さゆは思った。

大店《おおだな》の若旦那風の若い男が、夕方の忙しい時間に、年配のさゆがやっている茶店にふらっと団子を食べにくるなんて、不自然だった。

身に着けていた着物は、上等であか抜けていた。鮎の縫ったお召しのほめ方が玄人《くろうと》っぽかった。だいたい女の着物を見て、あれこれいえる男などめったにいるものではない。

鮎の見合い相手として名前があがっていた呉服問屋の若旦那かもしれないと思い、その見合い話をしていた小夏に確かめなければと昨日から思っていたのだった。

「ありがとう。助かったわ」

そういって引き返そうとしたさゆの袖《そで》を、小夏がぎゅっとひっぱった。

「ちょっと待った。難波屋の宗一郎さんがどうかしたの？」

小夏の目が細く光った。

ああと、さゆは頭を抱《かか》えたくなった。縁談や恋の話は、小夏の大好物だった。また小夏は袖をひっぱる。

「教えて！」

さゆは短く息をはき、覚悟を決め、振り向いた。多少なりとも打ち明けなければ小夏は納得しないだろう。

「昨日、お鮎が蒲公英に来ているときに、その人がやってきたのよ」

鮎が縫った着物をほめて、宗一郎と名をなのり、鮎に名を尋ね、「またお目にかかりましょう」といって帰ったというと、小夏は頰に手をあて、ほ〜っと息をもらした。

「いい男だったでしょ」

「まあね」

「上等な着物、着てたでしょ」

「小千谷縮の上物だった。……小夏ちゃん、知ってるの、宗一郎さんって人」

「何度かあったことがあるくらいだけど。それにしてもまさか蒲公英に現れたとは。……その心はいかに、だ」

小夏は頬に手をあてて考え込む。

「お鮎ちゃんがときどき蒲公英に顔をだしているって知って、やってきたってこと？　見合い話は生きてるの？」

ううんと、さゆは首を横に振った。

「断ったと聞いたけど。おかしな話よね」

「断られてもやってきた。ご当人があきらめていないってこと？」

「でもなんで、お鮎がうちに来ているってわかったんだろう。毎日来るわけでもないのに。偶然ってことはないわよね」

やがて小夏はきっぱりといった。

「そんな偶然なんてないわ。年寄りがやっている茶店なんかに、若い男がわざわざ来るもんですか」

小夏だってさゆと同い年なのに、いいかたが容赦ない。さゆはふんと鼻から息をもらした。

「まあ、そうでしょうけど」

「誰かから聞いたか、調べたか、後を追ったか。……そこまでするとしたら、相当じゃない？　宗一郎さん、やっぱり乗り気なんじゃないの？　お鮎ちゃんとのこと。で、どんな感じだった？　話は弾《はず》んだ？」

見知らぬ男に話しかけられて困った風ではあったが、着物の話がもっぱらだったので、それなりに受け答えをしていたようにも思う。

「男の人としゃべる機会なんてほとんどない娘だからねぇ」

小夏がいうには、難波屋はもともと上方が本店で、長谷川町の江戸店は出店だったという。それが先々代のときに江戸が本店、上方が出店に変わった。だが、今も後継ぎは上方で修行し、奉公人のほとんどが上方出身だという。

宗一郎は姉ひとり、弟ひとりの三人きょうだいの真ん中で、姉は浅草《あさくさ》の羽子板《はごいた》問屋に嫁ぎ、一つ年下の弟は昨年、本所《ほんじょ》の料理屋に婿入りした。母親はだいぶ前に亡くなり、父親は独り身を通している。

「もう姑も小姑もいないし、嫁取りには準備万端ってわけ。宗一郎さんは反物を見る目も確かで、女遊びもせず、博打《ばくち》もやらないって評判よ。あ、歌舞伎は好きで、かかっている演目は必ず見ているらしいけど」

「歌舞伎を？」

「歌舞伎役者たちとも割と親しくしてて、ご祝儀も忘れないって」

「そっちの遊び人ってことはない？」

「さぁ、役者ひとりに入れあげているとは聞いてない。まあ心配はないんじゃない？　それよりお鮎ちゃんのほうよ。伊織さんのこと、気になってるんでしょ」

「……たぶん」

　ふうっと小夏がため息をついた。

「伊織さんは私が若かったら放っておかないくらい、いい男だけど……一緒になるのは考えものよ。町人と武家じゃ勝手が違いすぎて、苦労しにいくようなもんだもの」

　そのことは、さゆも痛いほどわかっている。

　伊織は気さくで明るく、文句なくいい男だ。生まれた時から知っているさゆにとって、伊織はかわいい孫のようなものでもある。

　だが内与力とはいえ、陪臣《ばいしん》の家と、いわし屋という大店では家風《かふう》もしきたりもまるっきり違う。いわし屋に比べれば、伊織の家は小さく、奉公人も少ない。内証もそれほど豊かというわけではなく、女房自らが掃除や洗濯、料理と立ち働かなくてはならない。

　そのうえ、伊織は一人っ子で、父親が亡くなってからは母親と二人暮らしだった。母・鶴《つる》は薙刀《なぎなた》の名人で万事にそつがなく、贅沢《ぜいたく》には無縁の、つつましい暮らしをしている。乳母日傘《おんばひがさ》で育った鮎がそんな鶴に仕えることができるかと思うと、はなはだ心もとない。

かわいい鮎と伊織。さゆは、どっちにも幸せになってほしかった。

「お姑さん、おさゆさんに中に入っていただいたらいかがでしょうか」

ずっと立ち話をしているふたりに、勝が声をかけた。それを機に、さゆは小夏に頭を下げた。

「私はこれで。ごめんなさいね、夕餉《ゆうげ》の前の忙しい時間に」

「何いってるの。いつだって歓迎よ。……若いってうらやましいわね。すっごくやっかいだけど」

そういった小夏の頰が、丸く赤くなっていた。町のすべてが、いつのまにか赤く染まっている。燃えるような夕焼けが空全体に広がっていた。

こんな見事な夕焼けは久しぶりだ。

「明日は晴れかな」

「晴れるといいね」

通りをまっすぐ行けば蒲公英だが、さゆは中の橋のほうに足を向けた。ちょっと遠回りをして、茜《あかね》色の空を見ながら伊勢町堀《いせちょうぼり》を歩こうと思った。

伊勢町堀は日本橋川の北側に二本ある、入堀《いりほり》のひとつだ。もうひとつの入堀は堀《ほり》江町《えちょう》入堀で、これらふたつで、小舟町《こぶなちょう》と堀江町を馬蹄《ばてい》型にぐるりと取り囲んでいる。それぞれの堀は、その名も堀留町《ほりどめちょう》で堀留となる。

入堀の両側は河岸や蔵地になっていて、昼は荷を運ぶ男たちの声が飛び交っているが、今はその声もまばらだ。

中の橋から荒布橋《あらめばし》に向かった。

海からの風が頬をなでる。かすかに潮《しお》の匂いがした。

荒布橋のたもとでさゆは足を止め、滔々《とうとう》と流れる日本橋川を見つめた。風で白波がたっていた。

大叔母がでしゃばることではないとは、わかっている。それなのに、小夏の店まで夢中で押しかけてしまった。

若いってうらやましいわね。すっごくやっかいだけど。

さっきの小夏の言葉が耳の奥に残っている。

好きになったりなられたり。けれど嫁入り、婿入りを控える年頃ゆえにひと筋縄ではいかない。男も女も添う相手次第で運命が変わるからだ。

自分のように嫁にいかなかった変わり者もいるけれど。

心の中でつぶやいて、さゆは苦笑した。

さゆは嫁にいかないと決めたわけでも、奉公に身を捧げると決めたわけでもなかった。ただ気が付くと、そうなっていたのだ。

主の美恵《みえ》が亡くなり、本町一丁目にある実家のいわし屋に戻ったとき、さゆが本宅の敷地内にある兄夫婦がかつて住んでいた離れに住むことを選んだのも、たいした理由があったわけではない。隠居所で花鳥風月《かちょうふうげつ》を愛《め》でて静かに暮らすまで、もう少し間がほしかった。娘時代に過ごした馴染《なじ》みある町に、もう一度住み直してみたかった。

さゆが蒲公英を開いたのは、隠居暮らしが退屈だったというからだけではない。奉公をやめた自分には何も残っていないと思ったからだ。

自分は何が好きなのか。何をしていれば心が安らぐのか。生きている実感が得られるのか。

さゆははじめて、自分のことを知りたいと思ったのだ。

そして考えた末に、茶店を開くことにしたのである。年はとっているが、お茶と団子くらいなら出せる。茶店の番をしながら、人の話を聞き、生き方を見、そうしているうちに、自分というものが見えてくるのではないかと思った。

ねぐらに帰っていくのか、鳥が夕焼けの空を群れになって飛んでいく。

「さっさと湯屋にいっておいで」

近くの商家から、女の声がした。

その声に、奉公した当初、女中頭だった、ちずの顔がふと目に浮かんだ。

——さっさとやっておしまい。

——さっさとご飯食べて。

さっさと、というのがちずの口癖だった。

——これではさっさとやめちまうかもしれないね。

ろくに包丁を使えないさゆを見て、ちずはいちばんはじめに、こういった。

さゆの奉公は、鍋、釜《かま》、器、そして芋《いも》や葉物を洗う下働きからはじまった。自分より若い子が大根の皮をむいている横で、芋の泥落としをするのは、少しばかりみじめだった。同年配の女中から顎《あご》で使われることも、日常茶飯事《さはんじ》だった。

一年後、ようやく奉公人用のお菜を作る組に入れられた。

——さっさと一人前にならなくちゃね、おさゆちゃんも。

叱られることも多かったが、ちずは根気よく教えてくれた。

大根の皮は筋張《すじば》っているので厚めにむく。一方、ごぼうは皮の近くが香りが強いので、薄く薄く包丁の背でこそげとる。

長芋はかつらむき。里いもは両端を切り落としたところを持って六方むき（六角形）にする。大根やかぼちゃには、面取《めんと》りがつきもので、切り口の角に沿って薄く削《そ》ぐようにして角を削る。茄子は、味がしみこみやすく見た目も華やかにするために、縞目《しまめ》に皮をむく。

茄子の隠し包丁、れんこんやごぼうのあく抜き、きゅうりの板摺《いたず》り、いんげんの筋取り、乱切り、細切り、ざく切り、千切り、輪切り、半月切り、いちょう切り、短冊切り、賽《さい》の目《め》切り、拍子木《ひょうしぎ》切り、くし形切り……下ごしらえや切り方だけでも、覚えることは山ほどあった。

野菜の選び方もひとつひとつ覚えた。

大根はほとんどが水分なので、ずっしり重いものがいちばん。だが太い大根がよいとは限らず、柔らかな土で地中深くまですんなり成長できた、細身ですらっとしたものも、きめ細かく味がいい。

大根の表面はなめらかで、ひげ根の穴が浅く、まっすぐに均等に並んでいるものに限る。葉っぱは、葉先まで鮮やかな緑色でぴんとしているものを選ぶ。ただし、冬場の大根に限っては葉が黄色くかさかさでいい。黄色い葉は寒さに当たり、甘くなっている証拠でもあるからだ。

料理によって、使う大根の部位も変わる。大根おろしや浅漬けに用いるのは、甘くて硬《かた》く食感がいい、葉に近い上の部分だ。真ん中は熱を加えると柔らかくなるので、ふろふき大根やおでんなど煮込み料理に。下のほうは辛味《からみ》が強く筋っぽいので、薬味や漬物に。葉っぱは炒《いた》めものやみそ汁の具に、塩ゆでして刻めば菜めしに。皮はきんぴらに。

これらのことはみな、ちずや先輩女中、出入りの八百屋《やおや》に教えてもらった。

女中頭となってからは、女中たちをとりまとめ、それぞれの悩みにもつきあった。何人もの女中を嫁にも出した。

淡《あわ》い恋もした。

さゆが二十歳を迎えるころの話だ。先代・峯高《みねたか》がお徒頭《かちがしら》だったときの部下で、峯高のお気に入りだった渡辺俊一郎《わたなべしゅんいちろう》。背が高く、涼《すず》しげな目をしていて、さゆが作ったご飯を誰よりも美味しそうに食べる青年だった。いつしか会えば笑みを交わす間柄《あいだがら》になったが、峯高が目付になるとお役目違いとなって、俊一郎は屋敷に姿を見せなくなった。

あれが恋だったと気がついたのは、実に、この五月半ばのことである。

腕を折った今の女中頭の春《はる》にかわり、急遽《きゅうきょ》さゆが池田家に招かれ、新たに長崎奉行となった峯暉《みねてる》の友人の祝いの膳をまかされた、その主客の父親として同席していたのが俊一郎だった。

三十五年ぶり。それほど年月がたっていたのに、俊一郎はさゆが作った料理だとわかったといって、懐かし気に笑った。

目と目を見かわした途端《とたん》に、さゆの胸に甘酸っぱいものがこみあげた。

まさか、数日後、さゆが春の見舞いに出かけた先で、俊一郎と再び出会うとは誰が思っただろう。俊一郎は、それからしばらくして蒲公英にひとりでやってきた。佐渡《さど》奉行までのぼりつめた人が、供もつれずに、ふらっとさゆに会いに。

　俊一郎は奥様を亡くした後、独り身を続けていた。

　そして、さゆの手料理を忘れたことがなかったと俊一郎はいった。

　そのときに、胸を満たした甘い充実。さゆは知ったのだ。自分はあのころからずっと、俊一郎に恋をしていたのだと。

　自分の心の奥底に何が潜《ひそ》んでいるのか、すべてをわかっている人などいないに決まっているが、それにしたって、気づくのが遅すぎる。

　ふっとさゆは笑った。もう帰ろうと歩みを進めようとしたとき、向こうから、顔なじみになった棒手ふりがやってきたのが見えた。

「おさゆさん、いいところで会った。コハダ、もっていかねえか？　残っちまったもんだから、安くしとくぜ」

　桶《おけ》を見ると、小さなコハダが五尾ばかり残っている。

「小ぶりでうまそうだろ。酢で締めてもうまいし、塩焼きでもいける。アラで出汁《だし》をとれば上等なお澄《す》ましができるぜ」

「じゃ、いただこうかしら」

さゆがうなずくと、「まいどあり！」と棒手ふりはぽんと景気よく手を叩いた。

家に戻るとさゆはさっそく、コハダを焼き、身をほぐした。ほぐし身に味噌《みそ》と胡麻《ごま》を加えてすり鉢であたり、鉢の側面にこすりつけ、かまどの上にふせて、香ばしいにおいがするまで軽くあぶった。アラでとった出汁を注ぎ、あぶった身と軽く伸ばしておいて、湯屋に向かった。

湯屋から戻ると、先ほどの魚の身をのばした出汁に賽の目に切った豆腐、薄切りにしたきゅうり、細切りの大葉とみょうがを加えて、ご飯にたっぷりかけた。

九州の日向《ひゅうが》というところの郷土料理「冷やし汁」である。

ある会合で冷やし汁を食べた峯高は、その味に魅了され、わざわざ延岡藩《のべおかはん》の重役に頼み込んで、さゆを下屋敷に使わし、作り方を教わってきたのだった。

「いただきます」

魚の出汁はいい具合に冷めていた。魚の旨《うま》みを凝縮した深い味わいが口の中いっぱいに広がる。しかもさっぱりとしていて、ご飯が進む。本来ならば甘い麦味噌を使うところ、いつもの赤みそを使ったが、これはこれですっきりと乙な味わいだ。

一粒残さず食して、箸《はし》をおいたとたん、子どもの声が聞こえないことに気が付いた。

外に目をやると、平太一家が引っ越した家はしんと静まり返っている。

差配人は、今月は他の人をいれないが、来月になったら店子《たなこ》を探すといっていた。

るりが荷を積んだ大八車をひいてやってきたのは、数日後のよく晴れた早朝だった。

井戸端《いどばた》で茶碗を洗っていたさゆは、驚いてるりに駆けよった。るりは大八車をとめ、汗を拭きながら頭を下げた。

「おはようございます」

「ひとりで、この大八車ひいてきたの？」

るりの額《ひたい》、鼻の頭、首筋に汗の玉が浮かんでいる。大八車には布団と行李《こうり》、行灯などが積んであった。

「……やっぱり重かった」

すでに真っ青な空が広がり、じわじわと気温があがっている。

「ご実家のお許しが出たの？」

「そんな結構なもんじゃないけど……」

──真裏の長屋が空いたの。そこに住んだら好きなだけ絵を描けるんじゃない？

親御さんのお許しがでたらの話だけど、考えてみてもいいんじゃないかしら。

出すぎたことに違いなかったが、さゆは先日、思い切って、るりにそういった。

そして差配人には今月いっぱいだけ、部屋を空けたまま、待ってほしいと頼んだ。したくないこともしなくてはならないのが人生ではある。けれど、したいことがあり、それがようやく世に認められたのに、家族に頭ごなしに禁じられるのはあんまりだ。ここであきらめたら、るりは一生、実家で息をひそめて生きていくしかないと思ったからだ。

そうできたらどんなにいいだろうと、るりはいった。一生に一度でいい、ちょっとの間だけでも、そんな暮らしがしてみたい、とも。

「まさか、親とけんか別れしたんじゃ……」

「そのような、そうでないような」

さゆはるりの腕をひっぱり、上がり框《かまち》に腰掛けさせ、水瓶から水を湯呑《ゆのみ》に注いで、るりの手に持たせた。

るりは喉を鳴らして水を飲むと、とつとつと語り始めた。

るりが、絵を描きながら長屋でひとり住まいをしたいと申し出ると、親と兄夫婦はやはり猛烈に反対し、怒りはじめたという。

——絵を描く女なんて聞いたことがない。だいいち、食っていけるわけがない。

——一人暮らしをする？　そんなこと、おまえにできるのか？　それだけの稼ぎがあるのか？

——妹を追い出したようで外聞《がいぶん》が悪い。おまえは俺の顔に泥を塗る気か。

——実家があるのに、まるで私が鬼小姑みたいじゃないですか。それで女が長屋で絵を描くなんて……やりたい放題の、独り者の叔母さんがいるとわかったら、うちの子どもの縁談にもいずれ差し支《つか》えますよ。年取ったおるりさんの面倒を見るのは、うちの子どもたちなんだから。

——おさゆさんのところの裏長屋？　おさゆさんは自分が動けなくなったときにおまえの世話になるつもりじゃないのかい。まったくずうずうしい。おまえは騙されてるんだ。

さゆのことや、一番上がまだ七つの甥の話までもちだしてまで父や兄夫婦は口汚く、るりを責めたらしい。

「それじゃ、どうして」

「……おっかさんが……」

るりが部屋で泣いていると、しばらくして母親が入ってきた。このまま何もせずに、ただ生きていくだけだったら自分が嫌いになりそうだと、るりは母親にいった。

——これ以上、この家にいたら、息が詰まるんだね。だったら、おまえの好きなように生きたらいい。これをもっておいき。

懐から母親が取りだし、るりの前に置いたのは、銭が入った巾着《きんちゃく》と、さんごの一つ玉のかんざしだった。

——この銭とかんざしは、私が嫁ぐときに、何かあったときのために実家のおっかさんからもらったものだよ。いつか、おまえに渡そうと決めていたものだから、持っておゆき。安心しておまえがお使い。

——おっかさん……そんな大事なものをもらえない。

——したくもないことをやれといわれて、おまえはそれをやってきた。せっかく嫁に行ったのに実を結ばなかったのは口惜《くちお》しいけど。まあ、今、それをいってもせんのないことさ。我慢《がまん》できるだけ、我慢したよ、おるりは。もう十分、がんばった。……好きな絵の仕事で、ずっと食べていけるかどうか、あたしにはわからないけど、もしかしたら、できるかもしれない。だったら、家を出て、やってごらんよ。

——いいの？

——世間と同じであれば間違いがない、世間並みから外れたら苦労するって……あたしはそう思って生きてきた。でも、おるりはそうじゃない。世間並みでいるより、やりたいことがあるんだものね。

——いいの？　ほんとに？

——もうおまえを閉じ込めておきたくないんだよ。でも、おとっつぁんや兄さんを恨んではいけないよ。おるりの幸せを思って、馬鹿のひとつ覚えみたいに、もう一度嫁にいけといってるんだから。

母親はるりを促《うなが》して、父親と兄夫婦がいる茶の間に戻り、「おるりは明日、この家を出ていくことになった」といった。父親たちは驚き、今度は母親を責めはじめた。

――女の浅知恵《あさぢえ》で何を馬鹿なことを。女がひとりで暮らすなんて。男ができたのかと思われる。だらしない女と思われるのがおちだ。

――おっかさんは世間知らずなんだ。女は稼ぎのいい男と夫婦になって、子どもを産んで育てるのが幸せなんだ。

母親は何をいわれても動じなかった。そして最後に啖呵《たんか》を切った。

――稼ぎのいい亭主と夫婦になって子どもを何人も産んでも、笑うことさえ忘れてしまった女もいるじゃないか。

――な、なんだと？

――世間にはそういう女がいっぱいいる。

――落ちぶれて、野垂れ死《のたじ》にするに決まってらぁ。

すると、母親はるりに向き直った。

――かわいい娘を野垂れ死になんてさせるもんか。うまくいかないときは、戻ってきなさい。遠慮はいらない。ここはおまえの実家だから。いいね。

そういって、母は父と兄を見据《みす》えて、黙らせた。

「そう。おっかさんが味方になってくれたの」

井戸端にいた長屋の女たちが何事《なにごと》だとひとり、またひとりと勝手口に集まってきた。

「大八車で来たってことは……おるりさん、ここに越してきたの?」

「女一人で大丈夫なのかい?」

「店の裏だから、朝もすぐ団子を作れるね」

思い思いのことをいいつつ、女たちが荷物を降ろすのを手伝ってくれたので、あっという間に大八車は空《から》になった。

さゆは冷ましたお湯で、たっぷりといれたお茶を、長屋の女たちにもふるまった。

青空に入道雲が湧《わ》き出始めている。

「おっかさんってありがたいね」

さゆは、るりの耳元でつぶやいた。

「はい……初めて、おっかさんがあんなことというのを聞きました」

いつしか蝉が鳴いていた。命を燃やす、蝉しぐれだった。

第三話　夕立ちの空

今日も、夕方近くなって雨が降り始めた。このところ、この時刻にざっと大粒の雨が降る日が続いている。じめじめと蒸し暑く、蒲公英《たんぽぽ》の店内では客が団扇《うちわ》や扇子《せんす》を使うぱたぱたという音が途切れることがない。

ようやく雨が上がり、雨宿りを兼ねた客が出ていくと、西の空が染まり始めていた。

そろそろ暖簾《のれん》をおろそうとさゆが立ち上がりかけたとき、若い娘がふたり、入ってきた。

「こんにちは。いいですか」

「どうぞどうぞ。お久しぶりですこと。お好きなところにお座りくださいな」

娘のひとりは、光風堂《こうふうどう》のゆうだった。日本橋《にほんばし》三人小町として読売《よみうり》に描かれたことがあるほどの、誰もが振り向かずにいられない美女だ。

ゆうは、漆器《しっき》屋「光風堂」のひとり娘で、父・平太郎《へいたろう》が一年前に亡くなってからは、気丈《きじょう》に店を切り盛りしている母のきよを助け、店番もするようになった。

ゆうともうひとりの娘は、さゆから遠い席に並んで座った。あとから店に入ってきたゆうのおつきの女中のあきは、ふたりから離れ、さゆのすぐ前に腰かけた。

「あら、わらび餅《もち》と冷茶、はじめられたんですか」

ゆうが壁の張り紙を見ていった。

「ええ、夏の間だけ」

「じゃ、私は冷茶とわらび餅をお願いします。おちかさんは？」

「私も同じものを」

「おあきは？」

「団子《だんご》、頼んでもいいですか」

「じゃ、それでお願いします」

あきが嬉しそうに、ふふっと肩をすくめた。あきは昨年、越前《えちぜん》から江戸に出て来たばかりの十四歳だ。ゆうに連れられて蒲公英に来るたび、惜《お》しむように味わって団子を食べてくれる。

有田焼《ありたやき》のホタル透《す》かし撫子文《なでしこもん》の湯呑《ゆのみ》に、さゆは冷茶を注《そそ》いだ。皿に盛ったわらび餅には、きな粉と黒蜜をたっぷりかけた。餅箱から団子を二本とりだすと、あきがあわてて首を横に振った。

「一本でいいです」

「もうこれでおしまいだから、一本はおまけよ。食べられるでしょ」

「食べられます。何本でも」

屈託《くったく》のない笑顔で、あきがいう。

「おまたせしました」

さゆが、ゆうとちかの間に冷茶とわらび餅をのせたお盆をおくと、ふたりはまず器に目を留めた。

「この皿、根来塗《ねごろぬり》ですね」

ちかと呼ばれた娘が、さゆを見あげる。

「はい。よくご存じで」

根来塗は堅牢《けんろう》な漆下地《うるししたじ》を施《ほどこ》し、黒漆《くろうるし》を三度、朱漆《しゅうるし》を一度塗って仕上げる漆器だ。丈夫で手入れがしやすく、使い込んでいくうちに黒地が浮き出てきて、それも味となる。

「茶托《ちゃたく》は藍胎《らんたい》ね。楕円《だえん》というのも洒落《しゃれ》てるわ」

藍胎は、真竹の皮で編《あ》んだものを磨《みが》き、黒の漆、朱色の漆と何度も漆を塗り重ねて作られた漆器である。

「このお店、器も茶托もいいものを使っているのよ」

ゆうがちかに微笑《ほほえ》んだ。

ゆうときよが来たときには、光風堂で求めた越前塗の茶托を使うことにしているが、冷茶にはやはり涼《すず》しげな藍胎の茶托が似合う。

「有田のホタル焼きも夏らしくて素敵ね」

ちかは湯呑を左の掌《てのひら》にのせ、右手を添えた。丸い顔に地蔵眉《じぞうまゆ》、勝ち気そうなつり気味の目をしている。

「お味も折り紙つきよ」

「まあ、楽しみ」

冷茶をゆっくり口に含んだちかは、ほ〜っと息をはいた。

「甘くてこくがあって……こんな冷茶、はじめてよ」

「極上でしょ」

ちかがさゆのほうを見て、早口で聞いた。

「これはどうやって作るんですか？　熱いお茶を冷やすの？　煮立ててから冷やすの？」

「深蒸し茶で、水だししているんですよ」

「水から」

「ええ。ですから時がかかりますけれど、渋みも苦みも少ないんです」

「さすが、江戸の茶店ねぇ」

ちかはしみじみとそういって、わらび餅を食べ、また「美味《おい》しい」といった。

あきはたれをたっぷりかけた団子を嬉しそうにほおばって、こちらもため息交じりにいう。

「うんめえ〜、こんな団子は、江戸じゃないと食べられねえ。越前にはこんな茶店ないもの」

「おあきちゃんのいう通りよ。江戸じゃないとできない商売があるの。こんな美味しいお茶を出す乙粋《おついき》な茶店は、江戸だからこそやっていける。田舎《いなか》じゃ、団子は食べられればいい、お茶は飲めればいいって人が多いから」

ちかが思いのほか、大きな声でいった。

さゆは布巾《ふきん》を手に取ると、火鉢《ひばち》を丹念に拭《ふ》きはじめた。お客の話に立ち入らないのがさゆの流儀である。

けれど、江戸だからこそやっていける店というちかの言葉は、さゆの胸に刺さった。その通りだと思ったからだ。

他の土地では団子六文《もん》、お茶六文、わらび餅六文という商売はなりたたないかもしれなかった。もうけを乗せているわけではなく、砂糖をふんだんに使っている上、茶葉も上等なものを使っているにしても。

「光風堂さんも、江戸だから成り立つ商いよ。洒落た品物を、きれいに飾って。そういう店で特別なものを買いたいという人が、江戸には、大勢いるから。心底、うらやましいわ」

ちかの声がとがっている。ちかは頬《ほお》を膨《ふく》らませていた。

「おちかさんがうらやましがることなんか、なんにもないじゃない。うちの商いなんて、おちかさんの実家の『伊東《いとう》屋』さんに比べたらずっと小さいんだし。漆問屋『太平堂《たいへいどう》』さんに奉公《ほうこう》しているんだから、掛け取り帖をみたらうちの売り上げなんか、一目瞭然《いちもくりょうぜん》でしょ」

ゆうがなだめるようにいった。

光風堂は、間口《まぐち》二間《けん》（約三・六メートル）のこぢんまりとした店だ。だが壁の両側の棚、土間の真ん中におかれた台に、品良く漆器の数々が並べられている。使い勝手のいいものが多い上、職人技が光る器も扱っていた。

小上がりにしつらえられた簡易の床《とこ》の間《ま》には、季節を先取りする掛け軸がかけられ、花を欠かさない。近所の人だけでなく、趣味人も足しげく通う店だった。

「商いの大小をいっているんじゃないの」

「商いなんだから、大小は大事よ。伊東屋さんは湯河原《ゆがわら》でひとつしかない漆器屋なんでしょう。本当にありがたいことじゃない」

「他に店がないから、うちに買いに来るっていうだけ。店が大きくたって、職人が懇切丁寧《こんせつていねい》に作った品なんて、ほとんど扱ってない。売れるのは、丈夫で安いものばかり。だから、すぐに値引きできないかって話になる。そんな商いを一生、やっていかなくてはならないなんて、つまらないわよ」

ちかは湯河原の漆器屋「伊東屋」の娘で、今は大伝《おおでん》馬《ま》町《ちょう》二丁目にある漆問屋

「太平堂」に奉公しているということが話からわかった。けれど、うち若い女の奉公人が掛け取り帖を見ているなんて、さゆも聞いたことがない。

「おちかさん、自分がどれだけ贅沢《ぜいたく》なことをいっているか、わかる？　うちだって、売れ筋は普段使いのものよ。漆器屋はどこだってそう。おちかさんのいうように、凝《こ》ったものもおいているけど、実際、そういうものを買ってくれる人はひと握《にぎ》り。どうしたって値《ね》が張るもの。そうそう売れるものじゃないわ。普段使いのものを買ってくれるお客さんがいてくれて、はじめて店がなりたっているのよ」

「そりゃそうでしょうけど」

「こだわったものを置いているのは、江戸ならではの理由もあるのよ。このあたりにだって漆器屋は山ほどある。だから、店の味わいを出さないと。それもお客さんに欲しいと思ってもらえるものでないと。だから、高価なものを仕入れるのは賭けでもあるの。売れるものを並べておかなければ、店は生き残れないんだから」

ゆうのいう通り、人々の暮らしに沿ったものを扱わなければ、あっというまに店は立ち行かなくなる。だからといって、決まったものを並べ続けていればいいというわけでもない。

「こちらのおさゆさん、先日、うちから越前塗の茶托を買ってくださったの。おっかさん、すごく嬉しそうだった。おっかさんの兄さまが作ったものだったから」

ゆうがさゆを見た。さゆは笑みを浮かべ、軽く頭を下げた。金粉で蒲公英の綿毛が描かれていたその茶托をさゆはひと目で気に入って、蒲公英を開店した自分へのご褒美《ほうび》に奮発したのだった。

「とにかく、堅実に商売するのがいちばんだと思うけどな」

ゆうは念を押すようにいう。

ちかは肩をすくめた。

「江戸で修行していいと親から許してもらって、私、すごく嬉しかったんだ。ずっと江戸に憧《あこが》れてたから。ほんとは、光風堂さんみたいな小売りの店で働いてみたかったんだけど」

「問屋の太平堂さんに奉公したからこそ、いろんな漆器屋が見られてよかったんじゃない？　太平堂さんに期間を限って奉公するなんて、聞いたことないもの。それも女の身で」

「太平堂はおじさんの店だから、無理をいっておっかさんが頼んでくれたの。婿取《むこと》りをする前に、江戸を見せてやろうという気持ちだったのかもしれない」

なるほどと、さゆはようやく合点《がてん》がいった。よほど親しい関係でもなければ、女の身でそんな奉公はありえない。

ゆうは冷茶を一口飲んで、続ける。

「おちかさんがいつもの手代さんと一緒に、半年だけ、うちに来るって聞いた時はどういうことかと思った。同じ十七だってわかって、またまたびっくりよ」

「驚きながらも、受け入れてくれたのは光風堂さんくらいよ。こんな娘っ子を出入りさせるわけにはいかないと断られた店のほうが多かったんだから。……でも半年なんてあっという間ね。あとひと月もしたら、私、湯河原に帰らなくちゃならない。ずっとこっちにいたいのに」

「寂しくなっちゃう。一人娘同士で、話もあうのに」

「ほんと。……でも私、そろそろ店に帰らなくちゃ。そうそう油を売っていられないからね」

「ここのお代はいいわ。私が誘ったから」

「じゃ次は私が。このお店、気に入ったわ」

「また来ましょうよ」

「じゃ、近いうちに」

ちかは、さゆにも会釈《えしゃく》して出て行った。ゆうも支払いをすませると、あきと帰っていく。

お盆を下げながら、さゆはふたりの話を思い出していた。

十七歳のゆうとちか。まだ何者でもないふたり。これから何が待ち受けているのか、期待と不安を天秤《てんびん》の左右の皿に乗せているようだった。

ふたりとも一人娘で、いずれは婿を取るという宿命を受け入れている。

だが、商いに対する気持ちは大きく隔《へだ》たっているようだった。

父を突然失い、母を支えてきたゆうは地に足をつけて堅実に。ちかは洒落た店のきらめきに憧れ、実家の店の良さに目を閉ざし、ないものねだりをしているように見える。

ちかは、店を持つことの大変さを実感したことがないのだろう。

光風堂のような漆器屋なら、漆問屋などに奉公し、それこそ嫁取りもせずに何十年も働き続け、番頭まで上り詰めた人が主《あるじ》の許しを得て、ようやくのれん分けしてもらうというのが普通なのだ。ましてやちかの実家は、何代もの先人の努力で土地に根づいてきた店である。

その湯河原温泉はどんなところなのだろう。

湯河原に限らず、さゆは湯治《とうじ》に行ったことはなかった。主の美恵《みえ》は家にいるのがいちばんという人で、隠居してからも出かけるのはせいぜい花見くらい。遠出をしようとはしなかった。

湯治では自炊する者も多いという。江戸ではお目にかからぬ食べ物があるのだろうか。その土地ならではの料理法もあるかもしれない。

店をはじめたばかりのさゆには、湯治は縁がないのに、知らない土地でしばらく料理をして過ごすのもおもしろそうだと思ってしまう自分が、おかしかった。

翌朝、小夏《こなつ》はいつもより早めにやってきた。

「朱塗りの欄干《らんかん》を備えた高座の真ん中に裃《かみしも》姿の女大夫《おんなだゆう》が座り、両脇には花台《かだい》に乗った大盃《たいはい》と徳利《とっくり》がおいてあるの。その花台の両側には菖蒲《しょうぶ》の花を持った娘太夫ふたりが座っているの。娘、花台、大夫、花台、娘の順番よ。大夫の座る台がいちばん高くて、左右対称に花台、娘の座る台と、一段ずつ低くなっているの」

前日に浅草《あさくさ》の奥山で水からくりを見てきた話を、ふくと伊兵衛《いへえ》に語って聞かせようと、いさんでやってきたらしい。

「女太夫は美人かい？」

伊兵衛が団子を食べながらいう。

「少しとうが立っていたけどね、きれいはきれい。それより、芸がすごいの。ペンぺんぺんって三味線《しゃみせん》が鳴り始めて、大夫が『はっ』とかけ声をかけると、大盃、徳利、娘大夫の菖蒲の花、欄干、大夫の指の先からぴひゃ～っと水が噴き出し、三味線がジャンとなるとぴたりと止まるの。で、拍手喝采《かっさい》。おもしろかったぁ。どうやって水を出すのかしらね、あれ」

「水を通すものが仕掛けられているんでしょうが」

「仕掛けが見えないかって、みんな目を皿にしていたのよ。でも、全然わからない。最後は仕掛けなんてどうでもよくなっちまって。夢を見ているようだった。おふたりもいってらっしゃいませよ」

ふくがふふっと笑った。

「明日はね、隠居仲間で、『天竺徳兵衛《てんじくとくべえ》韓噺《いこくばなし》』を見に行くの。小夏さんがあれだけおもしろいっていってたから」

「まあ、そうなの？」

「うん、ね」

ふくが伊兵衛を見た。

「伊兵衛さんもいらっしゃるの」

伊兵衛が頭をかいた。

「ああ。おふくさんがおぜん立てを全部してくれて。けど、わたしは商いばかりしてきた野暮天《やぼてん》だから、犬に念仏、猫に経にならねえかと……」

「そんな心配いるもんですか。きっと伊兵衛さんは話にのめりこむわよ。人情に厚い人だもの」

小夏が微笑んだ。

「嬉しいことといってくれるね、小夏さん。人情に厚いだなんて」

「だってそうよね、おふくさん」

「ええ。伊兵衛さんは気がよくて、お大尽《だいじん》の風格もある。見かけもそこそこいける
から、一緒に歩いてもいやじゃない」

「そこそこいけるって……」

伊兵衛はまんざらでもなさそうに、笑った。

「そんなにほめられて、この年で春が来たみたいだな。ありがとよ」

伊兵衛は明日に備え、今から髪結いに行くと腰をあげた。

「男っぷりをあげてきてね。男は伊兵衛さんだけなんだから」

「明日は両手に花だな」

「両手では足りないわよ。女は私を含めて三人。みんな大きな孫がいるけどね」

ふくも家に髪結いを呼んでいるといって、銭を払い、立ち上がった。

「その前に湯屋に行かなくちゃ」

「磨《みが》き上げていらっしゃいませよ」

ふくは鼻の頭に皺をよせて笑い、出て行った。

ちりんちりんと軽い音をさせながら、風鈴売りが通り過ぎていく。

るりが団子を詰めた餅箱を奥から運んできた。

「おるりちゃん、少し落ち着いた？」

小夏がるりに話しかけた。るりが裏の長屋に引っ越してから、十日ほどたっていた。

「まあ」

「ここが終わると、ずっと絵を描いてるの？」

「……そうです」

相変わらずるりはぶっきらぼうだが、心なしか、顔にずっと張り付いていたような影が薄くなっている。

るりは蒲公英の仕事を終えると、裏長屋に引っ込み、日がな一日、あきることなく筆を握っている。

ときどき岡《おか》っ引《び》きの友吉《ともきち》がやってきて、るりを連れ出すのだが、そのときお決まりのようにひと悶着《もんちゃく》起きる。

――〇〇町にいってくれねえか。人相書きの仕事だ。

――〇〇町？

――文句あんのか。こっからすぐじゃねえかぁ。なんだその眼付き、睨《にら》むんじゃねえよ。

――生まれつきだ。

――愛嬌《あいきょう》がねえんだ。たまには笑ってみせろよ。

――よけいなお世話だ。

毎度、その繰り返しだ。

友吉は伊勢町《いせちょう》の仏壇屋《ぶつだんや》「稲葉屋《いなば》」の次男だという。稲葉屋といえば三代続いた、それなりの店である。

だが、友吉は十代の中ごろに母親を病《やまい》で亡くし、その寂しさからか、仲間とつるみ、遊び歩いていた時期があった。

父親の説教にも耳を貸さず、ついには家を出て、仲間の仕舞屋《しもた》に転がり込んだ。

後になってわかったことだが、その仲間というのが盗人の頭《かしら》だった。

頭は友吉に甘言《かんげん》を吹き込み、稲葉屋の見取り図を聞き出し、奉公人が何人いるのかということまで調べ上げ、稲葉屋が掛け取りをすませる日を狙っていた。

だが、その前に盗みに入った小網町《こあみちょう》の海苔《のり》問屋で、一味は頭を除いて、一網打尽《いちもうだじん》となった。

その夜、何も知らず居酒屋で酔いつぶれていた友吉も、頭のねぐらに住んでいたというのでひっくくられ、自身番で自分が盗人に利用されていたとはじめて知らされた。居酒屋の娘がやたらに友吉に酒を注《つ》いだのは、頭から金をつかまされていたからでもあった。

親の嘆願《たんがん》もあり、友吉はやがて放免《ほうめん》となったが、家に戻って来いという親に友吉は首を横に振った。

――どの面《つら》さげて帰れる。

――まだ若いんだ。やり直しがきく。心を入れ替えればいいんだ。戻ってこい。

――おいらのことなんか放っておいてくれ。

放免となったのは親の奔走《ほんそう》のおかげでもあったが、友吉のこれまでを否定し、すべてなかったことにして、自分たちに従わせようとする家に戻る気にはなれなかった。

甘い言葉を並べて近づいてきた男を信じた自分に、友吉は反吐《へど》がでる思いがした。盗人なんかになぜやすやすとだまされたのか。それが悔《くや》しくてならなかった。

そんな友吉に声をかけてくれたのは、岡っ引きの佐太郎《さたろう》だった。

――行くところがねえなら、しばらくうちに来たらどうだ。せっかく解き放ちになったのに、住むところもねえんじゃ、悪事のほうから寄ってきて、今度こそにっちもさっちもいかなくなっちまう。しばらくうちにいて、頭を冷やしたらどうだ。

袖《そで》の下をむしりとるような岡っ引きも世に少なくないが、佐太郎は高砂新道《たかさごしんどう》で蕎《そ》麦《ば》屋をやっている、面倒見のいい、町の者に慕われる岡っ引きだった。

いやもおうもなく、友吉は佐太郎に引き取られ、蕎麦屋で働いた。次第におかみの御用も少しずつ手伝うようになり、佐太郎の娘が蕎麦打ちの婿をとると、友吉は蕎麦屋の仕事はやめ、長屋に引っ越し、下っ引きの仕事に励んだ。そして七年が過ぎた時、佐太郎は隠居し、友吉は朱房《しゆぶさ》の十手《じつて》を譲られたという。

それから三年、友吉は二十七になっていた。

この話はさゆが小夏から聞いたことだ。小夏はこのあたりのことなら、誰が誰の従兄弟《いとこ》か、表通りの店の嫁の実家がどこかということまで知っていた。

「おるりちゃんがお茶をやめて、さびしくなったわ」

小夏は上目遣いにるりを見ながら、つぶやく。

「贅沢はできませんから」

るりは汚れた皿や湯呑をお盆にのせて奥にひっこむ。洗い物もるりの仕事である。

表の腰掛には客が座っているが、中は小夏ひとりだ。

今日は風がなかった。蒸し暑い室内より、すだれで日差しを遮《さえぎ》った外の日陰のほうが、幾分過ごしやすいようで、中に座ったものの外の腰掛に移動する客もいる。

小夏はひっきりなしに団扇を動かしていた。

「小夏ちゃんは、湯治にいったことある?」

「あるわよ。草津《くさつ》と箱根《はこね》——」

小夏は即答し、あおいでいた団扇を止め、さゆを見た。

「どうしたの？　まさかおさゆちゃんが行くの？　店を休んで湯治に？　あ、おるりさんに頼んで？　え、誰と行くのよ」

また小夏が先走ったと、さゆは苦笑した。

「そうじゃなくて、湯治ってどんなもんかなって思って」

「……結構なものには違いないけど、江戸から湯治ができる温泉まではどこも遠いじゃない？　歩いていくのは大変よ。帰るのも大ごと。足腰が丈夫で、根性がないと、とてもとても。膝や腰を痛めてる人は駕籠《かご》を使ったりするけど、それだってい うほどラクじゃないの。駕籠はとにかく揺れるから、どこも悪くなくても、駕籠に乗りづくめだと、宿に着くころには足腰が立たないってさ」

「小夏ちゃんは駕籠をつかったの？」

「ううん。私は歩いたわよ。駕籠に揺られるより、歩くほうがらくだもの。ただしゆっくりゆっくり。朝から雨がふっていたら、雨待ちよ。無理して風邪《かぜ》をひいたり、道ですべって転んでけがをしたりしたら台無しだから。まあ、宿代はかかったけどね」

草津には、中山道《なかせんどう》の高崎宿《たかさきしゅく》から分岐する草津道を通っていったという。

「神山宿《かみやま》、室田宿《むろだ》、三ノ倉宿《さんのくら》、大戸宿《おおど》、本宿《もと》、須賀尾宿《すがお》、長野原宿《ながのはら》……温泉場に着いた時はどんだけほっとしたか」

「女中さんを連れて行ったんでしょ」

「うん。荷物はあるし、向こうでご飯も作らなきゃならないし。でも草津には『飯炊《た》き女』や『水汲《く》み女』、『壺廻《つぼまわ》り女』がいたのよ。箱根には『雇い婆』がいたし」

飯炊き女は朝夕の食事の支度を引き受け、水汲み女は朝夕水を部屋に運ぶ役割、壺廻り女は部屋の掃除をしてくれる。雇い婆は何でも屋だ。

「髪結いもいるし、土産《みやげ》屋も部屋まで品物を持って来てくれる。八百屋《やおや》や魚屋は旅籠にまわってくるし。お金を払えば、なんでもやってもらえるようになってるのよ」

「便利なものねぇ」

「遊ぶところもいっぱいあってね。草津の通りを散策すれば、そこここから三味線が聞こえてくるの。男たちは楊弓場《ようきゆうば》にも出入りしてたわ。そうそう、浄瑠璃《じようるり》を見に行ったこともあったっけ」

「浄瑠璃まで？」

「一座が大坂《おおさか》から来てたの。湯治客をあてこんだ見世物小屋もあって」

「それなら、退屈なんてしないわね」

「財布は日に日に軽くなるけどね」

草津からの帰り、小夏は善光寺《ぜんこうじ》参りもしたという。

「草津で食べた饅頭《まんじゅう》や善光寺の近くの蕎麦も美味しかったな。箱根は山菜の天ぷらが絶品でさ」

「別世界ねぇ」

「草津に行ったのは七年前、箱根は五年前。往復の面倒がなければ、今だって飛んでいきたいくらいだけど、もういいわ。着いた途端に帰りのことを考えて憂鬱《ゆううつ》になりそうだもの。無事にたどり着けるかどうかだって知れたものじゃない」

小夏はそういって肩をすくめた。

「湯河原温泉は知ってる？」

「いったことないけど、温泉番付に載っているわよ。東の大関《おおぜき》が上州《じょうしゅう》草津の湯で、関脇《せきわけ》は野州《やしゅう》那須《なす》の湯、小結が信州《しんしゅう》諏訪《すわ》の湯で、確か豆州《ずしゅう》湯河原の湯はその下の前頭だったはず。体の芯まであたたまるお湯だって聞いたことがある」

大関の草津ほどではないだろうが、ちかの実家がある前頭の湯河原も、湯治客できっとにぎやかな場所なのだろう。

「この年になったら、遠い温泉より、近くて手軽な花火見物のほうがいいわよ。美味しいものを食べて、夜空に広がるきれいなものを見てさ」

小夏がそういうのを聞きながら、さゆは三枡《みます》屋の隠居・亮太郎《りょうたろう》のことを思い出した。亮太郎は、数日前、ふらっと暖簾をくぐって蒲公英に顔を出したのだ。

昼前、四つ（十時頃）から居座っていた客が、ちょうど帰りかけているところだった。

あわただしく、るりが釣銭を客に渡したり、お盆を片付けているとき、外に供《とも》を待たせ、亮太郎が入ってきて、目元を緩め、軽く頭を下げた。

すえのことで三枡屋をたずねてから、二十日あまりたっていた。

亮太郎はしげしげと店を見回し、熱いお茶と団子とわらび餅を注文した。

そして蒲公英色の襷《たすき》と前掛を着けているさゆに微笑んだ。

――いつ伺っても、いわし屋にいらっしゃらず、体を悪くしたのでなければいいがと思っておりましたが、ここで新しいことを始めておられたとは。いかがですか。店を持つというのは。

――商いは、はじめてでございましょう。はじめはお客さんがいらっしゃらない日もございまして、どうなることかと不安にかられたこともございました。

――いわし屋さんの後ろ盾《だて》があれば、ご心配はないでしょうに。

――赤字が続けば店を閉じ、逃げ込めるという意味ではそうでございますね。でも、家族の反対を押し切ってはじめたことでございますので、なんとかお客さんをつかまなければと続けてまいりました。おかげさまで、なんとかやっておりますの。

驚いたように、亮太郎は体を起こした。

——では、いわし屋さんとはまったく関係なく、店を仕切ってらっしゃる。

——いわし屋の大叔母が茶店を開いたといえば、出入りの者が顔をだしてくれたりもするでしょうが、私がしたかったこととは違いますので。ここでいわし屋の名を出すことも控《ひか》えておりますの。

——なるほど。味と、この風情《ふぜい》だけで勝負というわけですか。団子もわらび餅も頬が落ちんばかり。何よりお茶のうまいこと、こんなお茶を飲んだら、他のものでは物足りなくなってしまいますな。

——ありがとうございます。

それから、亮太郎は明日、川柳《せんりゅう》の会で花火見物に船で行くといったのだ。

毎年五月二十八日から八月二十八日まで、両国橋《りょうごくばし》のたもとから花火が打ち上げられる。花火は夏の江戸の風物詩だった。

この期間は船での納涼《のうりょう》が許されており、大店《おおだな》の旦那衆《だんなしゅう》などが屋根舟を繰り出し、大川《おおかわ》の両岸の料理屋の桟敷《さじき》は、花火見物客でいっぱいになる。両国橋のたもとの広小路《ひろこうじ》も大変なにぎわいで、橋の上にも川沿いの道にも花火見物の者が押し寄せる。

——屋根舟で花火を見るなんて、本当に楽しそうでございますこと。

――いつか、ご一緒にいかがですか。

――ありがとうございます。商売が落ち着きましたら。

小夏がさゆの顔を覗《のぞ》き込んだ。

「何、思い出してんの？」

「何も、別に」

あわててさゆは首をふった。亮太郎とのやりとりを思い出しながら、まさかとは思うが、にまにましていたのだろうか。そんなことは絶対ない。

いくつになっても、女は誘われると悪い気はしないというだけの話である。

小夏は口をとがらせた。

「ふう〜ん。ま、いいけど」

話がかわってほっとする自分に、少しばかりさゆは腹がたった。しっかりしろと自分にいいたい気持ちだ。

「ああ、美味しいものが食べたい」

それから小夏は、美味しいものを食べなければ、人生損をするという持論を滔々《とうとう》と述べだした。行きつく先は、嫁の勝《かつ》が作るものがいまひとつという愚痴《ぐち》である。

「まずくはないけど、美味しくもない。お勝はなんでそんなものばかり作るのかしらね」

「手を濡らさずにいただけるだけでもいいじゃない」

「でも楽しみをひとつ、減らされてるって気がする」

「じゃあ、自分が台所に立てば？」

「それじゃお勝の顔をつぶすことになるからねぇ。今更、面倒くさいし」

「恵まれた悩みですこと」

帰り際、小夏はきゅうりとみょうがを風呂敷から取り出した。

「もらい物のお裾《すそ》分《わ》け。珍しくもないけど。朝どれだそうだから、生きだけはいいわよ」

るりが裏長屋に戻り、夕方まではさゆひとりで忙しく立ち働いた。日が長くなり、働く時間も長くなっている。

やっと客がひけたので、さゆは急いで奥に引っ込むと、勝手口の先の鉢に植えている大葉をちぎった。小夏からもらったきゅうりは薄切りに、みょうがと大葉は千切りにして、鰹節《かつおぶし》と醬油《しようゆ》で和《あ》えた。こうしておけば夕飯時にはちょうどいい味になる。時もひとつの調味料である。

そのとき、「もうしまいだから、お安くしときますぜ」と魚屋が顔を出した。干物があれば焼くだけですみ、やっかいがないと思ったが、あいにく干物はすべて売り切れ。残っていたのは小さな鯵《あじ》だけだった。

半額に負けるというので、四尾すべてを引き受けた。

このごろ、売れ残りの魚ばかり買っていると、さゆはおかしくなった。店をやっていると、魚屋まで行くことができず、棒手《ぼて》ふりが通りかかるのを待つか、湯屋帰りに棒手ふりをつかまえるかの、どっちかだからだ。

客が入ってこないのを幸いに、さっそく鯵を三枚におろし、一口大に切り分け、塩をふった。手早く残りものの人参を細切りにする。

出汁《だし》をとり、酢と砂糖、醬油、塩、鷹《たか》の爪《つめ》少々を混ぜ合わせ、さじですくって味を確かめる。ちょっと甘く、酸っぱく、ぴりっとして切れがいい。さゆの甘酢だ。

菜種《なたね》油を熱し、人参を素揚げにし、さっと油をきり、熱々のうちにその甘酢の中に移した。身からにじみ出た水気を布巾で押さえ、片栗粉をまぶした鯵も油で揚げ、こちらも甘酢に漬ける。しばらくこのままおいておくと、鯵と人参に甘酢がいい具合にしみこんで美味しくなる。これも、時の力で仕上げる一品だ。

魚の匂いをとるために酢水で手を洗い終えた時、店に人が入ってくる気配がした。

「いらっしゃいませ」

前掛で手を拭きながら店に出た、さゆの胸がどきっとなった。

俊一郎《しゅんいちろう》だった。

俊一郎は笠のひもをはずしながら会釈《えしゃく》する。

「よろしいですか」

「どうぞお座りくださいませ」

声が弾《はず》んでいるのが自分でもわかって、頰が熱くなった。壁の張り紙に目を留めて俊一郎がいう。

「冷茶とわらび餅をはじめられたのですか」

「ええ。暑くなりましたので」

「では、それをいただきましょうか」

ちりんと奥の縁側に下げていた風鈴が鳴った。

俊一郎は冷茶を飲み、わらび餅をうなずきながら食べる。

「おさゆさんの作ったものに、はずれはない。……いや、うまい」

俊一郎はこれから友人と会食だという。ふと亮太郎の顔が浮かんだ。

男の人も、年をとって現役でなくなると、家を出るのにそれ相応の理由がいるのだと思い当たった。俊一郎は独り者とはいえ、長崎奉行《ながさきぶぎょう》の息子の嫁や孫と同居している。

――ちょっと出かけてくる。

――お義父《とう》さま。どちらに？　どなたと？　お帰りは？

いちいちそれでは、俊一郎は気軽にお茶を飲みにくるわけにもいかないだろう。だが、だからどうだというのだ。そんなこと考えても仕方がないと、さゆはわずかに首をふった。

さゆは冷茶を俊一郎の湯呑に注《つ》ぎ足した。

「もしかして花火見物ですか」

「まあ、そういうことで」

「お楽しみですわね。ちょうど、今日、そんな話をしていたんですのよ」

「おさゆさんは、今年、花火はご覧になりましたか？」

さゆは首を横に振る。

「なかなか……」

「近いのに」

「花火を見に行ったのは、美恵さまのお供が最後でしたわ。もう十年ばかり前になります。そんなに時がたったなんて信じられませんけど。花火も様変わりしたかもしれませんね」

「年々華やかになってますよ。おさゆさんに見せたいなぁ」

俊一郎が真実そういっているようで、さゆはいい気分になってきた。

「花火見物、してみたくなりましたわ」

娘みたいな口調になっているのは、調子に乗っているからだ。

「そのときは、ぜひご一緒に」

なんと返答していいかわからず、さゆはあわてて冷茶を口にふくんだ。喉《のど》がからからだ。

「そうそう、俊一郎さまは湯治に行かれたことはございます？」

「いや、なにせ、烏《からす》の行水《ぎようずい》の口ですから。まさか、おさゆさんが湯治に？」

「いいえ、そうじゃないんですけど」

何か話していないと間が持たない。湯治のことなどどうでもいいのに、落ち着かない気持ちのせいで口が先走ってしまっている。だが、途中で話を切るわけにもいかない。

「先日、湯河原温泉のことを話していらっしゃる方がいたので、温泉場ってどんなところなんだろうって思いまして」

「湯治にいくと、日に何度も風呂に入るそうですな」

「ええ」

「面倒だな」

からっと俊一郎がいったので、さゆは苦笑してしまった。そういうところが俊一郎には昔からあった。

「でも温泉場は江戸から離れた土地ですから、知らない野菜や山菜がありそうで、食べ物はおもしろいかもしれませんわね」

「確かに珍しい魚もいそうだ。郷土料理にも、うまいものがあるかもしれない」

それから俊一郎は、佐渡《さど》奉行時代に食べた珍しい食べ物について話し出した。いつのまにか、武士らしい話しぶりから、気軽な口調に変わっている。

「すり身汁、あれはうまかった」

「佐渡ではトビウオですり身を作ると、大殿様からお聞きしたことがあります」

さゆの主人・池田峯高《いけだみねたか》も佐渡奉行、下田《しもだ》奉行を歴任した。峯高は食に目がなく、江戸にもどってからさゆに申しつけ、再現した料理も少なくない。

「トビウオは淡白で、それでいてしっかり旨味がある。焼いてもうまかった。おさゆさんはトビウオを召し上がったことは？」

「残念ながら生ものはございません。でも、あご出汁はいただいたことがあります。大殿様のところに干しあごが届いて……美味しかった。トビウオはあごが落ちるほど美味しいから、あごと呼ばれることも、そのときに教えていただきました」

「佐渡のイカ寿司は知ってますか。あれはうまかったなぁ」

「ちょうど今ころの軟《やわ》らかいイカだと、ほんとに美味しく仕上がりますよね」

「作れるんですか？」

「はい。大殿様に作り方をお聞きしたので」

一晩水に浸けておいたもち米を、ワタや中骨を抜いたイカの胴に詰めて爪楊枝《つまようじ》で留め、醤油と味醂《みりん》、砂糖で調味した出汁の中に並べ、落とし蓋《ぶた》をしてコトコト煮る。中のもち米が煮えたら、ひと冷まして切り分け、砂糖を混ぜた合わせ酢をふりかければ、出来上がりだ。

「……こっちでも作れるのか」

ぼそっと俊一郎がいい、さゆを見た。俊一郎と目があって、さゆはあわててまばたきを繰り返す。

「……今度、お作りしましょうか」

「お願いいたします」

俊一郎が身を乗り出した。さゆは噴き出した。

「食いしん坊なところは、ちっとも変わりませんのね」

「こんな話をしていると、腹が減ってきますな」

俊一郎もおなかをさすって屈託なく笑う。

「……ちょっとお待ちくださいませ」

さゆはそういって、暖簾をおろすと、奥に引っ込み、鯵の甘酢漬けを小鉢に盛ったものを盆にのせて出てきた。上に、白胡麻と葉ネギを散らしてある。

「お菜《さい》に作っていたものなんです。まだ味がしみこんでいないかもしれないけど、ひと口いかがですか」

「うまそうだな」

俊一郎は両手をあわせ、いただきますとつぶやき、すぐに箸《はし》をとった。

「はぁ、甘い、辛い、酸っぱい、こくもある。うまい」

あっという間に食べ終わり、俊一郎はごちそうさまでしたと箸をおいた。

「お粗末さまでした」

さゆが微笑む。

「おさゆさん、変わらないなぁ。その笑顔も」

「タヌキ顔でしょ」

「……きれいですよ」

しゃあしゃあという俊一郎に、さゆは笑いが止まらない。

「お上手になっちゃって」

「昔からです」

ふざけているとわかっても、悪い気はしない。むしろなんだか晴れやかな気持ちがした。

と、俊一郎は笑みを消し、さゆを見つめた。
「おさゆさん、美味しいものを食べに、今度、本当にご一緒していただけません
か」
一瞬迷ったが、さゆはうなずいた。俊一郎が気を振り起こして自分を誘っている
とわかったからだった。
夜、鯵の甘酢と、きゅうりの和え物を食べながら、思わず笑みが漏れてきた。
――うまい。
俊一郎が何度もそういってくれた。
――きれいですよ。
――美味しいものを食べに、今度、本当にご一緒していただけませんか。
その声が胸に響いている。娘のようにわくわくしている自分にもびっくりだ。
洗い物を終えると、さゆは手鏡をとりだした。布できゅっきゅっと拭いて、顔を
覗き見た。丸顔で目も鼻も丸く、目元には皺が目立つ。髪は半白だ。
けれど、いつもよりちょっときれいに見える。たとえおばあさんといわれる年で
もきれいといわれると、女はきれいになるのかもしれない。
ばかね、この年でそんな浮《はげ》ついてるなんて。
鏡に向かって笑ったさゆを励ますかのように、外の風鈴がちりりんと鳴った。

数日後、午後の客がひいた時間に、若い娘がひとりで入ってきた。

「こんにちは。また来ちゃいました」

以前、光風堂のゆうと来た、太平堂に奉公しているちかだった。

「お待ち合わせですか」

「いいえ、今日はひとり。ひとりでもいいですか」

「もちろんです。お好きなところにお座りくださいませ」

ちかはさゆの前の腰掛に座り、冷茶とわらび餅を注文した。

「この藍胎、ほんとうにいいものですわね」

冷茶の籃胎の茶托に、また目を留めて、さゆにいう。

「これ、古いものでしょう。もしかして古道具屋で見つけた？　だとしたら、おばあさん、相当の目利《めき》きですよ」

はい、その通りといって、話を流してしまおうかとも思ったが、どこの古道具屋で買ったのだと聞かれてもこまる。

「実家の母が気に入って、使っていたものなんですよ」

さゆは仕方なく正直にいった。さゆの実家の蔵には、代々、使っていた古道具がぎっしりと押し込められている。

蒲公英を開くと決めたさゆに、反対をしても無駄だと悟ると、兄の三右衛門《さんえもん》は「蔵の中のもの、なんでも使っていいぞ」といってくれた。

蔵の中からさゆが選んだのが、この藍胎の茶托と、有田焼のホタル透かし撫子文の湯呑だった。母が気に入っていて、夏は麦湯や冷茶に使っていた。

「へえ、これをおっかさんが使っていたの。おばあさん、案外いい家の生まれなんですね」

「そんなことありませんけど」

「もうこのお店を開いて長いんですか」

「まだ三月なんですよ」

えっと、ちかが声をのんだ。

「長くやってたとばかり思った。その前はどこでお店をやっていたの」

もうこの質問も慣れっこだ。若いころから茶店をはじめ、この年になったのだと考えるのが自然というものだろう。

「いえ、この店がはじめてで」

また、ちかが驚いた顔になる。

「まあ、お気の毒に……働かなくちゃいけない事情があったんですね。その年で偉いわ。がんばってね」

これも慣れっこである。事情があるといえばあり、当たらずとも遠からずだ。

「ありがとうございます」

話を打ち切ろうと、さゆは布巾を持って奥に下がり、井戸端《いどばた》で丹念に洗った。

店に戻ってからも、ちかに話しかけられないよう、火鉢の周りを丁寧に拭いた。

そのとき小夏が入ってきた。

「今日も暑かったわねえ。これから夏本番だと思うと、うんざり。冷茶をお願い。お茶のお稽古で羊羹《ようかん》をふた切れもいただいたから、甘いものは、今日は控えておくわ」

「かしこまりました」

他人行儀なさゆの口調で、小夏は察して、ちらっとちかのほうを見た。ちかは会釈して、小夏に話しかけた。

「常連の方ですか」

「ええ。まあ、家が近くなものですから」

「洒落た茶店ですよね。飾り棚も立派なものだし、花を活けている花瓶も、湯呑も茶托も上等なものを使ってる……おかみさんもどことなく品があるし」

小夏はうなずいた。

「何より、お茶が美味しいでしょ。団子も評判なのに、近頃ではわらび餅まではじめちゃって。案外、商才があるんですよ、このおかみさん。私なんか、この店のせいで、肥《こ》えちゃって困っているの」

そういって、小夏は冷茶を飲み、ああ美味しいとつぶやいた。

「江戸だからですよ、こういうお店をやっていけるのは」

ちかは先日、ゆうに語っていた話を蒸し返した。

「娘さんは江戸住まいじゃないの？」

ちかは、小夏に、湯河原の漆器屋伊東屋の娘で、今は太平堂に奉公しているが、今月いっぱいで帰らなくてはならないといった。

「湯河原ねえ……」

小夏がつぶやき、さゆの顔を見る。だからこの間、湯治の話をしたのかという表情だ。さゆはまばたきを繰り返し、とりあえず知らんぷりをする。

「とすると江戸にいられるのは、もう十日もないじゃない」

「そうなんです。そうしたら、私は湯河原に帰って、あのおもしろくもない店に一生、縛り付けられるって決まってるんです」

「娘さん、家付き娘なのね。……私もそうだったのよね、おさゆちゃん」

まきこまれないようにと、さゆはふたりと目を合わせずにいたのだが、名前を呼ばれてはしかたがない。さゆはちかに小夏を紹介をした。

「こちらは光風堂のおゆうさんのお友だちのおちかさん。そしてこちらは蠟燭《ろうそく》問屋『山城屋《やましろや》』のご隠居の小夏さん」

「蠟燭問屋の山城屋さん？」

山城屋が大店と知っているらしく、ちかは目をみはって小夏を見た。

それで口を閉じ、愚痴をこぼすのをやめると思いきや、よけいに勢いづき、実家の店で扱っているものは普段使いのものばかりでつまらないのだと、まくしたてはじめた。

「何十年も前から、どうでもいいような品物だけを並べていて。お客も漆器なんてそんなものだって思ってて……」

ひとしきりいい放ったちかを、小夏が真正面から見つめる。小夏の背がすっと伸びた。

「売れる品物があるっていうのは、店にとって、ありがたいことですよ。つまらないなんていったら罰があたるわ。それをお宅の店から買っていき、大切に使っている人がいるんですもの。でも、そういう気持ちがおちかさんにあるなら、自分の代になったら、店の一角に好きな品物をおくようにしたらいいじゃないですか」

それでも、ちかはぐずぐずいい続け、さすがの小夏もうんざりした顔になった。

小夏はふっと顔をあげ、ちかを斜めから見つめた。

「……もしかして、おちかさん、湯河原に帰りたくない本当の理由が別にあるんじゃないの？　いやな男と添わされそうだとか、こっちに気になる男ができちゃったとか？」

ちかの顔色が変わった。図星だったようだ。

すると、小夏は腰をあげかけた。

「……それじゃ、私は……」

まさか小夏はいいっ放しで退散する気か。めんどくさいことになりそうだからと、逃げる気か。

小夏が帰ったら、さゆがちかにつきあわざるをえない。

そのときだった。ちかが小夏を見た。

「おばさん、聞いてください」

「私はそろそろ……」

「聞いていただくだけでいいんです」

さゆはくるりと背中を向け、並べていた急須を布で拭きはじめた。ちかが小夏を引き留めてよかったと思いつつ。

よけいなことをいった小夏には、最後までちかにつきあってもらわなくてはならない。

さゆが今、手にしているものをはじめ、店で使っている急須はすべて、娘時代から集めたものだった。常滑焼《とこなめやき》や万古焼《ばんこやき》の焼締《やきしめ》がほとんどで、使い込むほど、磨けば磨いたなりに、とろりとした光沢と艶《つや》が増す。それに、こうして手を動かしていれば、よほどのことがない限り、人は話しかけてこない。急須磨きは客の話に巻き込まれずにすむ、格好の作業だった。

ちかは、湯河原にしつこくつきまとってくる男がいて困っていると、小夏に打ち明けた。実はその男から逃れるためもあって、江戸に出てきたのだという。

「そうだったの。その人、あきらめてくれていればいいわね」

話を手早く終わらせようと、小夏は気のない調子でいった。

しつこい相手というのは、大きな旅籠《はたご》の主で、ちかの店で、茶道具を次々に買ってくれた上客だった。十五も年上で、女房と子どももいる男だという。

「別宅で茶道具のお披露目《ひろめ》をするというので招かれていったのがきっかけで、深い仲になってしまって」

「まあ……」

それからは、たびたび男の別宅で会うようになった。

「古女房よりかわいい、女房とは離縁するといったのを信じてその気になって……羽振りもよくて、いろんなものを買ってくれました。でもいっこうに夫婦別れをする気配はなく」

　さゆは心の中でため息をもらした。

　女房を捨てて浮気相手の女と一緒になるなんて、百にひとつあるかないか。まして大きな旅籠の主なら、そんないきさつからの離縁は信用にかかわりかねない。その男は、ちかとは、はなから遊びだと割り切っていたのではないか。

「もういい加減に切れなくちゃと思うのに、別れてくれない。にっちもさっちもいかなくなって、逃げるように江戸に出てきたんです」

「いやな男だねえ。でもその男だって、体面があるもの。表立って下手なことはできないでしょうよ。何があっても無視すればすむんじゃないの？」

　幾分、投げやりな口調でいった小夏に、ちかは首を横に振った。

「私が帰ったら、元の木阿弥《もくあみ》。つきまとい続けられる……」

　湯河原を離れるころには、相手との約束をちかのほうからすっぽかすようになっていた。

　すると男が店にやってきて、店番をしていたちかを呼びだすのだ。相手は上客で、ないがしろにはできないと見越してのことだった。

　帳場《ちょうば》にいる父親の目を盗みつつ、ちかの体に手をまわし、「なぜ約束の日にこなかった」と男はすごみ、ちかが父親を呼ぼうとすると、「おまえがしたことを父親にぶちまけてもいいのか」と耳元で脅す。

待ち伏せされ、「これ以上おれをこけにしやがったら、しょうちしない」と突き飛ばされたこともあるともいった。

断っても、そっけない態度をとっても、男は前にあらわれ、ちかは自分のものだといわんばかりにふるまう。

「悪い奴だねぇ。ひとりで太刀打《たちう》ちするのは難しそうだわ。おさゆちゃん、どう思う？」

いきなり小夏が話をふったので、さゆは急須を落としそうになった。客の話には入らないというさゆの決めごとを小夏は知っている。だが、自分の手にあまると思ったのか面倒になったのか、そのどちらもかもしれない。さぁねえと流してしまおうかと思ったが、小夏の目があいまいな返事はだめよといっている。

「……親御さんに、その男にしつこくされて困っていると打ち明けるしかないんじゃないかしら」

さゆは静かにいった。

ちかは膝《ひざ》の上においたこぶしを、ぎゅっと握った。

「……私がしたことを、親に知られてしまうのはいや」

知られてもしかたがないじゃないか、ほんとのことだもの。と思ったが、親に生々しい話をしたくないという気持ちもわかる。親だって、そんなことは知りたくないだろう。

「余計なことはいわず、いい寄られて困っているとだけ、いえば。それはほんとのことだし」

「……向こうがおちかを抱いたとか、おちかのほうからいい寄ったとか、親だけじゃなく、町で吹聴《ふいちょう》したら……」

確かにそこまでする男だっている。かわいさあまって憎さ百倍、自分を袖にした女を、なりふり構わず叩き潰そうとする質《たち》の悪い男だっていないわけではない。

「何をいわれようが、相手にしない。そんなことは知らないと毅然《きぜん》としていればいいんじゃないですか。その人、浮気ははじめてじゃないでしょう。これまで何度も浮気をして、女にしつこくしてきたんじゃないですか？　そういう人だってわかっている人も、町にはきっといるでしょうし。だとしたら、またその男に病が出たかと思われるのがおちですよ」

「……うちの店から品物を買わなくなるかもしれない」

「親御さんだって、それでいいっていってくれますよ。どだい、そんな人とよろしくやったところでいいことは何一つありませんもの」

「おさゆちゃん、いうわねぇ」

小夏は感心したようにさゆを見た。

「できるかな、私に」

ちかは膝の上においた手を握り締めた。

「しばらくは辛抱《しんぼう》がいるでしょうけど、それがすめば身の回りがすっきりする。そしたら、おちかさん、また出直せますよ。今度こそ、人のものじゃない人とね」

人を好きになることは止められない。気づいたら好きになってしまっていたりもする。どこがいいのといわれても、うまく答えられないこともある。

だが人のものは、相手として最悪だ。結局は誰かが傷つく。相手を奪って自分のものにしたとしても、どこかに罪悪感が残る。

「あの人からもらったものは、どうしたらいいのかしら。かんざしや帯揚げとか」

「……近くにおいていると、目に入って、どうしたってその人を思い出してしまいますよね。捨ててしまっていいんじゃないですか」

「どこに」

「そのくらい、自分で考えなさいな」

さゆがさらりといった。

しばらくの間、ちかはうつむいて考え込んでいた。

「そうですね、そうするしかないですね」

ちかがようやく顔をあげてそういったのを機に、小夏は腰を浮かした。

「じゃ、私は……」

「もうひとつ、気になってることがあって」

「まだ、何かあるの？」

大きな声を出した小夏に、ちかがうなずく。

「……私、こっちで好きな人ができてしまって……すごくいい人なんですよ。それもあって帰りたくないんです」

小夏は座りなおし、ようやく微笑んだ。

「よかったじゃない。そういう人と巡り合えて。だったら、その人を湯河原に連れ帰って一緒になったらいいんじゃない？　そしたら向こうの男もあきらめざるをえない。一石二鳥よ」

だが、ちかはうつむいて唇をかむ。

「……そうしたいけど……無理」

「まさか、こっちも女房持ちだとか？　店持ちの長男とか？　じゃないわよね」

家付き娘と店持ちの長男の恋は、どちらかが家を捨てねば成就《じょうじゅ》しない。つまり見通しはないに等しい。

ちかは首を横にふった。

「いいえ、そうじゃないんです」

男は村松町《むらまっちょう》にある漆器屋「松葉屋《まつば》」の次男・吉次郎《きちじろう》だという。背が高く、端整な顔立ちの二十一歳で、跡取りの長男を支えて店で働いていて、評判もいい。

太平堂の手代《てだい》とともに、松葉屋に通ううちに、ちかの心に火が付いた。

「おちかさんの気持ち、その人は知っているの？」

「いつも機嫌よく話をしてくれて。手代さんも、私が一緒に店に行くようになってから、松葉屋さんからの注文が増えたって。吉次郎さん、きっと私のこと、気に入っていると思うんです」

「次男だったら、願ったりかなったりよね」

小夏がうかがうように、ちかをみた。

「そうなんです。おゆうさんより早く、私が吉次郎さんに出会ってさえいたら」

おゆうさん？　まさか光風堂のおゆう？　おゆうさんより早くって？

急須を拭くさゆの手が止まった。

小夏の口があんぐりと開いている。低い声でつぶやいた。

「……そういえば、光風堂のおゆうさんの縁談がまとまったって耳にしたけど。まさか、その吉次郎さんがおゆうさんの許婚《いいなずけ》？　おちかさん、あんた、人の許婚を好きになっちゃったの？」

ちかは指で目の縁《ふち》をおさえてうなずく。

はぁ～っと小夏がため息をついた。

さゆはあきれて、声も出ない。

この間、ちかはゆうを江戸で唯一の友だといっていた。その男を好ましいと思っても、ゆうの幸せのためにあきらめるのが筋《すじ》ではないか。

それが横恋慕《よこれんぼ》していると堂々といってのけ、あげくのはてに涙を見せるなんて。

さゆは心底、ちかにうんざりしてきた。

小夏もあさってのほうを向いている。ちかのいいぐさにあきれて、さっさと帰ろうとしているようにも見える。

小夏は世話好きで、情に厚く、面倒見がいいが、いったんいやけがさすと、ぱっと放り出し、尻に帆《ほ》かけて逃げ出しかねないところがある。

さゆは小夏の湯呑に、冷茶をたっぷり注いだ。

「もうおかわりはいらないのに」

「まあ、そうおっしゃらず」

「こんなに緑茶を飲んだら、あとが大変なのよ」

「いつもこのくらい召し上がってますよ」

「お茶を飲みすぎると夜、寝つきが悪くなって。若いときはそんなことなかったのに。もう年には勝てないわ。夕方のこの時刻になると、いつもぐったり疲れちまうし」

いつもは若ぶっているくせに、小夏はこういうときだけ調子よく年寄りぶる。

「そんなお年には見えませんわ」

「やだわ。私の年、知ってて、おさゆちゃんは本当に人が悪いんだから」

ふたりが軽口をたたき合っている間も、ちかは唇を震わせていた。

「あと半年、江戸にいられたら、私、吉次郎さんをおゆうさんから、きっと奪ってみせるのに」

「そんなこと、本気で思っているの？　そうじゃないんでしょう。そういってみたいだけなんでしょう」

小夏に、ちかは首をふる。

「本気ですよ」

「おさゆちゃん、どう思う？」

またかと思わぬでもなかったが、ゆうのことを思うと、ちかをこのまま放っておくこともできない。

さゆは顔をあげ、ちかを見つめ、静かに口を開いた。

「人を不幸にする恋なんて、しない方がいいですよ。吉次郎さんっていい人なんでしょう。本気でおゆうさんから奪おうとしたところで、おちかさんに振り向くとは思えません。……もし吉次郎さんがおゆうさんからおちかさんに乗り換えたとしたら、それだけの人ですよ。いつか、おちかさんから別の娘へと気を移すんじゃないですか。だとしたらそんなろくでなしを捕まえたところで、いやな思いをするだけですよ」

小夏が、そうそうとうなずく。さゆは続けた。

「おゆうさんと親しいんでしょう。おゆうさんはおちかさんが自分の許婚を奪おうとしてるなんて、これっぽっちも思ってない。おちかさんが原因で吉次郎さんと別れるようなことになったら、おゆうさん、おちかさんのことをひどく恨むでしょうね」

「そうよ。おちかさん、つきあわなかったのを幸いだと思って、吉次郎さんのことはもう忘れたほうがいい」

小夏が相槌《あいづち》をうった。

「好きになった気持ちを手放すのはつらいでしょうけど、あきらめることはできますよ。湯河原に帰って、会わなくなればきっと吉次郎さんのことは忘れられます」

ちかは、ぽろぽろと涙をこぼした。

それから、ちかは静かにお茶を飲み、覚悟を決めたような表情で帰って行った。

「もう一杯、ちょうだい」

ふたりになると、小夏がいった。

「眠れなくなるんじゃないの？」

「そうなんだけど……話を聞いてたら喉が渇いちゃった」

「私も」

さゆは茶の間から茶筒を持ってきた。店では出すことはないが、その年の最初に摘《つ》む新芽で作った一番茶のほうじ茶だった。甘く華やかな香りがなんともいえず、苦みも少ない。熱々のお湯を、茶葉をいれた急須に注ぎ、大ぶりの湯呑に淹《い》れた。

「香ばしい！　いい匂いだ」

小夏が湯呑を持ち上げていう。

「まさか、おさゆちゃんが恋の悩みにあんなふうにこたえるとはねぇ。いろいろあったんだ」

うかがうような目つきで、小夏はちらっとさゆを見る。

「……そりゃありましたよ」

「ん？」

旗本《はたもと》の奥は女ばかりの世界ではあったが、出入りする男たちとひそかにつき合う女たちもいた。そうした女たちは燃え上がっているときは朋輩《ほうばい》たちと盛り上がり、さゆには黙っているのだが、いざにっちもさっちもいかなくなると、さゆを頼ってきた。

「そのたびに、私はない知恵を絞ってきたわけよ」

小夏は、なるほどとうなずく。

「おちかさん、うまくいくかなぁ」

「少なくとも、おゆうさんの相手に手は出さないように釘をさせただけ、上等と思わなきゃ」

さゆがほうじ茶を飲みながらいう。

「湯河原の男と別れたあともあの娘、心配じゃない？」

ふたりは顔を見合わせてうなずいた。

女房持ちや許婚のいる男を選んで好きになる、やっかいな女も世の中にはいる。他人のものが魅力的に見えるのか、奪う快感を得たいからか、好きになってはいけない男にあえて近づいていく。

さゆの脳裏《のうり》に、さだという女中の顔が浮かんだ。

先代峯高付きの若い侍に、さだはちょっかいをかけ、深い仲になった。幸い、その女房が知る前になんとか別れさせたが、すぐまた別の侍とくっついて、人の知るところとなり、さだは実家に戻された。

さだの相手だった侍はふたりとも、その後、女でしくじりを重ねた。どっちもどっちで、こりない性分だったのである。

「なんでおちかさんに、もらったものを捨てる場所を自分で考えろっていったの?」

小夏がさゆに聞いた。

「深い考えがあってのことじゃなかったけど……こういうことは人からいわれたことをその通りになぞっているようじゃ、なかなかうまく運ばないから。大事なことは自分で考えないと」

「あの娘、もらったもの、捨てるかしら」

小夏は湯呑を手に取って、つぶやく。

「小夏ちゃんは捨てた?」

「私? 私に浮いた話なんてあったかしら」

「あったでしょ。ないはずないでしょ」

さゆが決めつけるようにいうと、小夏はくしゃっと鼻の頭に皺をよせて笑った。

「昔、つけぶみされたことがあったなぁ。その人が何を思ったか、銀の花びらかんざしをくれたのよ。でも相手は跡取り息子。私は一人娘」

「初耳だ」

「それだけだもん。せっかくもらったものだから、もったいない気がして、ずっととっていたんだけど……そんないわくつきの品、結局は使えない。人にあげるわけにもいかない。だから、うちのと一緒になる前に川に流した」

「河童《かっぱ》がびっくりしたわね。急にきらきらしたものが水の中にふってきて。捨てた時、どんな気がした？」

「これを細工した職人さんに悪いなって思った。私の娘時代も終わったなとも……。おさゆちゃんは？」

「私はもらったものなんて、なかったもの」

小夏は横目でさゆをちらっと見据える。

「ほんとうに？　まったく口が堅いんだから。私にばっかりしゃべらせて、ずるい。白状しなさい」

「正直いえばひとつだけよ、それは神社に持って行ってお炊き上げしてもらった」

「焼いてもらったの？」

「そう。大みそかに」

俊一郎が嫁とりをしたと聞いた年の大みそかだった。

古い破魔矢《はまや》やしめ縄、お札などがめらめらと燃える炎の中に、俊一郎からもらって後生大事にしまいこんでいた高家《たかべ》神社の料理上達御守を放り込んだ。小さなお守りはあっという間に炎にのまれ、消えて行った。

「お炊き上げか。それは名案！」

小夏がふふっと笑う。そのとき、空が光ったと思うと、どんと雷がおちる音して、雨が降りだした。ぼたぼたと大きな雨粒が屋根と道を叩き始める。

「いやだ、また夕立ち。傘、借りていい？」

小夏が腰をあげる。

「少し待ったら、やむんじゃない？」

「これ以上ひどく降る前に帰るわ」

小夏は思い切りよく裾をまくり、帯にはさむと、さゆが差し出した傘を広げて外に出た。

「すっころばないように気を付けて行ってよ」

さゆは暖簾をおろしながら、小夏にいった。

それから雨は、二日ほど間断なく降り続いた。

第四話　煮物を作る日

「伊兵衛《いへえ》さんの具合はどうなの？」

「はっきりしないんだよ。何も聞いても、嫁は糠《ぬか》に釘《くぎ》だし」

ふくが小夏《こなつ》にため息交じりにいった。

毎日、判でおしたように顔を出していた伊兵衛が蒲公英《たんぽぽ》に現れなくなった。一日めは急用でもできたのだろうと思っていたが、翌日もとなると、ふくは「おかしい。気になる」と心配しはじめた。

年寄りにありがちな杞憂《きゆう》ではない。一年前まで乾物問屋《かんぶつどんや》「松葉屋《まつばや》」を仕切っていた伊兵衛は、いつもの時刻に来られないときには前日に必ず断りを入れるような律儀《りちぎ》な男だった。

ふくは二日めのその日、昼近くまで伊兵衛を待ち、辻《つじ》をふたつ越えたところにある松葉屋に様子を見に行った。そしてまもなく蒲公英に引き返してきた。その間に、ふくは十ばかり老けたように見えた。

ふくがわざわざ訪ねて行ったのに、伊兵衛は出てこなかったからだ。かわりに嫁が「わざわざおいでいただいたのですが、今は奥で臥《ふ》せっておりまして」と、ふくにいったという。

ご病気ですかと尋《たず》ねると、ええ、まあと嫁は口を濁した。

――お悪いんですか。

──当分、養生するようにとお医者さまからはいわれまして。ご心配をおかけして申し訳ありません。

伊兵衛は病《やまい》に倒れた姿を人に見せたくないのだろう。その気持ちは、さゆにもわからないでもない。

自分たちにできるのは、伊兵衛がまた元気になるように願うだけだった。

それから五日。伊兵衛の回復を願っていることを伝えたくて、今朝、ふくは見舞いの水菓子を届けてきたという。

「松原《まつばら》先生が出入りしてるって聞いたけど」

情報通の小夏がいう。

松原先生は近くの仕舞屋《しもた》に住んでいる、四十がらみの医者だ。貧乏人から金持ちまで分け隔《へだ》てなく診てくれる良医と評判だが、どだい、医者にかかる貧乏人は多くはない。

「歌舞伎に行ったときはあんなに元気だったのに。悔《くや》しいねぇ」

ふくがちんと鼻をかむ。

ふくに誘われて、伊兵衛が生まれてはじめて歌舞伎に行ったのは、半月ほど前のことだ。それからというもの、伊兵衛は菊五郎《きくごろう》がどんなにいい男で、どれほど迫力があったか、ことあるごとに蒲公英で語るようになった。失笑をよぶほど、夢中でしゃべりまくった。

――これからは菊五郎の演目は全部見るよ。おふくさんに誘ってもらったおかげで、楽しみができた。隠居もいいもんだねえ。

そういって目を細めた伊兵衛の首には、菊五郎格子柄《こうしがら》の手拭《てぬぐ》いがまかれていた。縦横、四本と五本の縞が交互に並ぶ真中に「キ」と「呂」を置いて「キ九五呂（菊五郎）」と読ませる判じ柄である。

「手拭い、お似合いですよ」とさゆがほめると、「手拭い屋に行って、買ってきた。ひとりで手拭い屋に入ったのも、生まれてはじめてだ」と、伊兵衛は顔をくしゃくしゃにして笑った。

それだけにとどまらず、次は浅草《あさくさ》の水からくりを見に行こうと、伊兵衛はふくをしきりに誘っていた。

「私が歌舞伎に連れ出したりしたのが悪かったのかも」

「おふくさんのせいじゃない。おふくさんが連れて行ってあげて、よかったに決まっている。万が一、理由がそれなら、菊五郎の話を持ち出した私だって罪作りってことになっちまう。伊兵衛さんの病と歌舞伎は関係ないわよ」

自分のせいで伊兵衛に無理をさせたのではないかと落ち込むふくを、小夏はしきりに慰《なぐさ》めている。

伊兵衛の声には張りがあり、顔の色つやもよく、足腰も衰《おとろ》えておらず、元気そのものに見えた。だが、目に見えない病は老いとともに静かに伊兵衛に忍び寄っていたのだろうか。

とても他人事《ひとごと》とは思えず、伊兵衛の話になるとさゆも、気が沈んでしまう。

ふくは、これまではいつも楽しげによく笑っていたのに、伊兵衛が来なくなってから後ろ向きなことばかりいうようになった。

誰それが寝たきりだ。裏のお姑《しゅうとめ》さんはボケが進み、昼夜逆転している。近所の茶飲み友だちは耳鳴りが止まらなくなったあげく、耳が聞こえなくなった……。

伊兵衛が倒れ、ふくもまた老いの現実と自分の残り時間を思い知らされたのだろう。ふくのその気持ちもわかる。

だがふくが帰ると、さゆはほっとした。暗い言葉はまわりも毒していく。ふくの話を聞いていると、さゆもめいってしまいそうになるのだ。

そのとき、威勢《いせい》のいい声が響いた。

「おるりさん、いるかい？」

岡《おか》っ引《ぴ》きの友吉《ともきち》が暖簾《のれん》をあげて顔を出した。

友吉は大きな風呂敷包みをぶら下げていた。包みの形が真ん丸だ。

「まあ、親分さん。……おるりちゃん！　友吉さんよ」

奥にいるるりを、さゆは大きな声で呼んだ。

「どうぞおかけくださいな」

さゆは愛想よくいった。友吉は、るりに仕事をまわしてくれる大事な人である。

「ちょいと邪魔するぜ」

さっきまでふくがかけていたところに、友吉は腰をおろし、手拭いで顔と首筋の汗をわしわしと拭《ふ》いた。町を歩き回っているからなのか。中肉中背の体はよく引き締まっていて、元の色がわからないほど赤銅《しゃくどう》色に焼けている。

さゆの声が聞こえたはずなのに、るりはなかなか出てこなかった。

るりと友吉はいまだに犬猿の仲で、友吉がるりを「愛嬌《あいきょう》がない」と腐《くさ》せば、るりが「あんたなんかにいわれたくない」と返すのがお約束だった。

るりの絵の腕が認められ、人相書きを頼まれることが増えてきたのは嬉しいが、友吉が迎えにくるたびに、ふたりが口汚くいいあうのは、いい加減よしてほしかった。

友吉がしびれを切らせて、またいさかいが始まる前にるりを呼びに行こうと、さゆが腰を上げかけたとき、ようやくるりが餅《もち》箱を持ってでてきた。

「串に団子《だんご》をさし終えるところだったから」

言い訳のようにるりはいって、友吉に仏頂面《ぶっちょうづら》で頭を軽く下げた。

「……仕事ですか」

「これ、おるりさんにだってよ」

友吉が風呂敷包みをほどいた。中から出てきたのは見事に大きなすいかだった。

「この間、迷子になったじいさんの人相書きを描いただろ。豊島町《としまちょう》の八百屋《やおや》の。じいさんが見つかった礼だと息子夫婦が町役人に届けてきた。人相書きのおかげで、じいさんが命拾いしたって」

小夏が目を輝かせた。

「おるりちゃんの絵のおかげで。そりゃ、よかったわねぇ、で、どこで見つかったんですか、そのおじいさん」

「本所《ほんじょ》の相生町《あいおいちょう》だそうだ」

相生町は両国橋《りょうごくばし》を渡った先にある。豊島町から大川《おおかわ》を越え、よくもそんなに遠くまで年寄りがひとりで歩いて行ったものだと驚かざるを得ない。

「菓子屋の饅頭《まんじゅう》を銭もはらわずに食べちまって、とっつかまったんだよ」

店の者が名前と住まいをたずねても、要領をえない。埒《らち》が明かず、番頭《ばんとう》が相手をすることになったという。

「番頭が人相書きを見ていたのが幸いだった。岡っ引きから見せられた人相書きとそっくりだと、届け出てくれたんだ」

すぐに土地の岡っ引きが豊島町に走って行くと、そちらでは行方のわからなくなった隠居を隣近所総出で探していたという。

「目を離すと、ふらっといなくなり、どこまでも歩いて行っちまう年寄りがいるからな。寝た切りも辛いが、頭が普通じゃないのに足腰だけは丈夫ってのも、考えもんだ。そのじいさん、家を抜け出したのはこれが初めてじゃねえんだと。襟《えり》の裏に迷子札もつけていたそうだ。けどよ、見た目はふつうだから、襟の裏まで見るやつなんか、いやしねえ。行き倒れにならなかったのは、人相書きのおかげだと息子が嬉し泣きしてたとよ」

「おるりちゃんの絵を、親分さんたちが町の人に見せてまわってくれていたんだ。嬉しいね、おるりちゃん」

友吉への礼の言葉はおろか、うんともすんともいわないるりに、小夏が声をかける。そんなるりに慣れっこなのか、友吉は気にする風もない。

「またいなくなったときに役に立つだろうからって、その息子、人相書きを家にとっておくってさ」

「またって……」

「家にじいさんをくくりつけておくわけにもいかねえから、次もあるに違いねえって」

年をとるのも、年よりの世話をするのも大変だと、しばしみな黙り込んだ。

沈黙をうちやぶったのは小夏だった。小夏はぽんぽんとすいかをたたいた。

「ぎっしり実が入ったいい音がする。……それにしても、こんな大きくて立派なすいか、今年はじめて見たわ。八百屋の主がお礼に持ってきただけのことはあるわね」

「じゃ、おいらはこれで」

「そうおっしゃらず、もう少しゆっくりなさってくださいな。たまにはお団子でもいかがですか」

さゆが引き留めたが、「先を急ぐから」と友吉は立ち上がった。さゆは開け放たれた戸口まで見送り、頭をさげた。

「わざわざ届けていただいてありがとうございました。暑い日にこんな重いものを持ってきてくださって。……おるりちゃんもお礼をほら」

るりの手をひいてさゆは、るりを促《うなが》した。だが、るりは口をとがらせる。

「別に……頼んだわけじゃない」

これがるりなのだ。人の気持ちを斟酌《しんしゃく》することができない。

不機嫌さを表すために、るりがこういういいかたをしているわけではないことが、さゆにもわかってきた。気分の浮き沈みに関係なく、常にこうなのだ。

るりは場の雰囲気を読み、人に合わせることができない。だから冗談も通じない。いわれたことをそのまま受け取り、思ったことをそのまま口にする。

こんな受け答えを繰り返していれば、相手はるりに嫌われていると思ってしまう。るりの言葉に傷ついて、それがるりに対する怒りに変わることもある。

案の定、振り向いた友吉の太い眉《まゆ》が吊り上がっていた。

さゆはあわてて友吉にいい添えた。

「お忙しいのにお使いだてしてしまって、どうぞ今後ともおるりちゃんをよろしくお願いします」

「持ってきたくて、きたんじゃねえよ。ぶすくれた顔して、いつだって人の気をさくさささせやがる。てえしたもんだな」

友吉は低い声でるりに毒づき、ちっと舌打ちをして出て行った。

小夏が居心地悪そうにまばたきを繰り返した。だが、るりは知らんぷりだ。

「おるりちゃん、いいの？　あんないいかたして」

じれたように小夏がいった。

「あんなって？」

るりは顔もあげずにいう。

「頼んでないなんて」

「だけどさ。おるりさんが人相書きがうまいって、友吉さんがあちこちの岡っ引きに売り込んで、仕事を寄こしてくれるように頼んでくれてるんでしょう」

「そうです。けど私、ちゃんと描いてますよ」

「友吉さんのおかげで、絵を描けるようになったんだから、もう少し感じよくしたほうがよくない？」

「……正直、わかんないんですよ。感じよくとか。愛嬌とか愛想とかってことが」

そうだったのかと、さゆは思った。

一方、小夏は理解がおいつかずに、ぽかんと口をあけたままだ。

小夏とるりのつきあいは数年にわたる。お茶の稽古《けいこ》で一緒だったので、その間、十日に一度くらいの割で小夏はるりに会っていた勘定になる。だから、るりのことは大方わかっていると小夏は思っていた。

嫁《とつ》いだものの亭主と舅《しゅうと》姑《しゅうとめ》に気に入られず、離縁されて戻ってきた二十二歳の女。

出戻りだが悪びれることもない。口数は少なく、稽古が終わればさっさと帰る。遊びに誘っても乗ってこないので、今や、誘う者もいない。

これといったつきあいがないので、よくいう人もいないかわり、悪くいう人もいない。ちょっと不愛想だが悪意はない人。るりは小夏にとって、そういう存在だった。

だから、実家暮らしがつまらないと、るりがぼやいていると風の噂で聞いた時、蒲公英の店番をしてくれる人を探していたさゆに、小夏が紹介した。

るりが蒲公英で働くようになり、その素顔に触れ、小夏は正直、あきれ返った。

――おるりちゃんをおさゆちゃんに引き合わせてよかったのかどうか。店に迷惑をかけていなければいいんだけど。あれほど客商売が向かない人もいないよ。

小夏がさゆにそういったことさえある。さゆは苦笑しつつ、るりは、人は悪くないから大丈夫よと答えたのだが。

小夏はるりの顔を見上げた。

「わかんないって、どういうこと？」

「わかんないんです」

さゆは口を一文字に引き締め、小夏にその話をこれ以上、るりの前でしてくれるなと目で合図をした。

愛嬌といったものがわからないと、るりはいったが、るり自身もそれでよしとしているわけではなさそうだと、さゆはだんだんわかってきたからだ。

自分には欠けているものがあり、それが人をいらだたせると、るりは経験から気づいている。だが、どうすればいいのかはわからない。ほかの選択肢がないからだ。るりも辛いだろうが、さゆもどうしたらるりが変われるのか、見当がつかなかった。

「このすいか、どうする？」

さゆは話をかえて、るりに尋ねた。

「こりゃ、とびきり美味《おい》しいに違いないね」

るりより先に小夏がいう。さゆは、るりの顔をのぞきこんだ。

「おるりちゃんのすいか、ご馳走《ちそう》になっていいかしら」

「私のすいか？」

「ええ」

さゆが、るりに微笑《ほほえ》む。

「はいっ。ご馳走します」

るりが照れくさそうに、珍しく笑った。

さゆは、井戸水できれいに洗ったすいかをまな板に載せると、縞模様に対して垂直にふたつに切りわけた。弾《はじ》けるように、真っ赤な断面があらわれた。水分が切り口にあふれるように、にじみ出る。

切った面を上にして、見えている種を切るように、包丁を放射状にいれ、種をさゆが菜箸《さいばし》でひとつひとつとりのぞく。

すいかの種は縞模様に添うように並んでいるので、切り口の種をとれば、残りの種は知れている。

「おるりちゃん、すいか、長屋の人にもお裾分《すそわ》けする？　きっと喜ばれるわよ」

「します」

「じゃ、おるりちゃんがみんなにいってきて。すいか、食べませんかって」

「私が？」

「おるりちゃんのすいかだから」

るりがうなずいて、長屋の人に声をかけてまわった。みな大喜びで外に出てきて、平たい桶に並べたすいかに次々に手を伸ばす。

それから、さゆとるりは小夏が待ちかねている店に戻り、取り置いていたすいかに三人でかぶりついた。

「美味しい」

「水気たっぷり」

さっくりした食感で、さっぱりと甘い水分が口いっぱいに広がる。熱くほてった体にしみわたるような味わいだった。

るりはすいかを食べ終えると、「それじゃ失礼します」と前掛を外し、裏に帰っていった。

小夏も腰をあげかけた。だが思い出したように、また座った。

「おるりちゃん、人相書きで暮らせるの？」

「なんとかやれているみたいよ」

「一回、頼まれるとどのくらいになるのかしら」

「二五〇文《もん》（約六二五〇円）ほどだって」

「一枚で？」

さゆは手を横に振った。

「まさか。二十枚は同じものを描くみたいよ」

人相書きは辻の看板に貼ったり、岡っ引きが持ち歩いたりするので、一枚では役にたたない。

「二十枚も。とすると、一枚十三文にもならないじゃない。豆腐は買えるけど、蕎《そ》麦《ば》は食べられないってことだ」

豆腐は一丁十二文、蕎麦は一杯十六文と相場が決まっている。ちなみに鰻丼は一杯百文、るりの長屋の店賃《たなちん》は月六百文だ。

「毎日そっちの仕事があるわけじゃないんだろうし」

「枚数が多いと、少し多めにもらえることもあるとかいってたけど」

「知り合いをあたれば、包装紙や判子の図案、店の張り紙を描いてほしいという店もありそうだけど、あの調子じゃ、相手の機嫌を損ねかねない。もう少し、愛想があればねぇ」

小夏が困ったような表情でいう。

一緒に仕事をするなら、誰だって人当たりのいい人を好む。いくら仕事ができても、にこりともしない者と仕事をするのは気が詰まる。

ふと友吉のことが思われた。

友吉は、るりを本所の岡っ引きにまで紹介している。岡っ引きというものは血の気が多いものだ。るりのぶっきらぼうな態度をとがめたり、文句をいったりする者には事欠かないのではないか。

だが、友吉は一度だって、人がるりのことをどういっているとか、それで自分が嫌な思いをしたとか、愚痴《ぐち》ったことがない。

友吉が口にするのは、自分がるりをどう思うかということだけだ。それも、面と向かってるりに直接いう。だからけんかが絶えないのだけど。

やがて昼休みの職人たちがどやどやと入ってきて、さゆは鼻の頭に汗粒を浮かべながら団子を焼きだした。

「こんにちは」

昼過ぎに入ってきたのは、すえだった。本町二丁目の人形問屋「三枡屋《みます》」の女中で、先輩女中にいじめられ、隣の番屋の草鞋《わらじ》の万引きまでさせられた娘である。紺《こん》絣《がすり》の着物に三枡の前掛を締めていた。

「まあ、おすえちゃん。よく来てくれたわね。入って。座って」

「お邪魔します」

二度目の万引きで、すえは番屋の佐吉《さきち》と民《たみ》につかまり、ひょんなことからさゆは、蒲公英で伊織《いおり》とともにすえに事情を聞くことになった。その後、伊織とさゆも、民と共に三枡屋に行き、すえが万引きをしたいきさつを伝えることになった。

その晩、すえをさゆの家に泊めたこともあり、すえはどうしているだろうと、さゆはずっと気になっていた。

すえは大きな風呂敷を背中からおろした。

「お隣の草鞋を二十足、買ってきたんです」

「まあ、二十足も？」

「あるだけ全部」

さゆとそっくりなすえの顔に笑みが広がっている。

「そんなに、どうしてまた」

「旦那さんが今後、店と奥で使う草鞋はお民さんのところから買うと決めてくださったんです。あんなことを私がしでかして、迷惑をかけてしまったから」

「お民さん、さぞ喜んだでしょう」

「……いっぱい買ってくれてすまないねって、浅草紙《あさくさがみ》をおまけにくれました」

浅草紙を一束《たば》手に取って、ほらとさゆに見せる。

「よかったわね」

「そのうえ、しっかり働くんだよっていってもらって。こんな私に」

すえはくすんと鼻をならした。すえが万引きをしたことは消えてなくなりはしない。けれど、早く立ち直ってほしいという思いはさゆも民も同じだ。

「何にいたしましょうか」

すえは六文と書かれた張り紙をじっと見つめ、やがて真剣な表情でいった。

「お団子を一本ください。お茶はいりません」

かまわず、さゆは冷茶をいれた湯呑《ゆのみ》を、すえの横に置いた。

「喉《のど》が渇《かわ》いているでしょ」

「では団子は結構です。持ち合わせがないものですから」

けなげにすえは横に手をふる。

「遠慮しないで」

「いいんですか？」

「ええ。今日は私のおごり」

うなずいたさゆの顔を見上げ、すえは「ごちそうになります、すみません」と小さな手を合わせた。

「美味しい……」

すえはのどを鳴らしてお茶を飲み、団子をのせた皿をおし抱くように受け取ると、ぱくっと勢いよくほおばった。はぁっと深いため息が続く。

「おさゆさんの作るものは、なんでも美味しい。お茶も団子も。朝ごはんもまじないをかけたみたいにうまかったし」

「実はかけてるの、まじない。美味しくなれ、美味しくなれと心の中で念じてるもの」

「やっぱり！」

緊張がほどけたような表情がすえに広がった。

「その後、どう？　安心して働けている？」

「……はい。おたつさんも謝ってくれました。……みなさんのおかげです。おさゆさんたちがいなければ、旦那《だんな》さんと女将《おかみ》さんに、ほんとのことはわかってもらえなかった。私は、万引き娘と思われて店からきっと追い出されてました。……でも、おたつさんもほかの人たちも、私がすべてをぶちまけるとは思ってなかったみたいで。今は逆に私のこと、こわがって遠巻きにしているようで。少しばかり居心地が悪いんです」

悪事が明るみに出たあと、すんなりめでたしめでたしとなるとは限らない。いじめた者も、いじめを見て見ぬふりをした者も、自分が悪かったとわかっていながらも、まさかこうなるとは思わなかったと、事実を暴いたものに暗い気持ちを抱いたりする。恐れ、憎むことさえある。

「旦那さんと女将さんと、私がつながっていると思ってるのか、あの人が誰それの悪口をいっていたとか告げ口をしてきたりして、わずらわしいこともあって……。つながりなんてないのに」

夜逃げしたのぶは千駄木《せんだぎ》の実家に戻ったと、奉公《ほうこう》するときに間に立った人から店に連絡がきたという。

「でも私、身に沁《し》みました。いじめられているとき、我慢《がまん》していれば、いつかいじめられなくなると思っていたけど、そんな日は絶対に来なかったんだって。嫌なことは嫌だといい、上の人や同僚に打ち明けて、いじめられていると声をあげないと、いつまでも同じことが続いて、逃れられないんだって……」

すえは少しやせたようだった。

さゆはすえの隣に座ると、その手をとった。両手ですえの手をはさみこむ。

「おすえちゃん、目をつぶって」

「え？　どうして」

「まじないをかけてあげる」

すえはいわれるままに目をつぶった。さゆは小さな声でつぶやく。

「ご飯を残さず食べ、いつも笑っていられますように、神様、おすえちゃんをどうぞお守りください」

これからも奉公先ではなんやかやあるだろう。すえの心が弱ることだってあるだろう。

気持ちが弱ったときに支えになるのは健やかな体だ。よく食べ、明るい顔をして笑っていれば、すえのまわりにきっと人が集まる。辛いことも避《さ》けて通ってくれる。そうであってほしかった。

「はい、目をあけていいわよ」

まぶたをあけたすえの目が三日月になった。笑うとまん丸い目が三日月になるところまで、すえはさゆとよく似ている。

「元気が湧《わ》いてきました。おさゆさんにまじないをかけてもらったんだもん、がんばらなくちゃ」

「またいつでも、ここにおいでね」

すえは嬉しそうに笑い、六文をおき、深々とお辞儀をして帰って行った。

その夜、さゆは土鍋を取り出した。朝から水に浸していた柚子《ゆず》の陳皮《ちんぴ》と酒を土鍋にいれ、弱火で煮詰めていく。

昨日、さゆは実家のいわし屋に出かけて行き、柚子の陳皮を分けてもらってきた。体調を崩して寝込んでいた池田《いけだ》家の親戚が、柚子を酒で煮詰めたものを溶かして毎日飲んだところ、回復して床《とこ》から離れられたと聞いたことがあったからだ。

いわし屋の主《あるじ》で甥《おい》の新兵衛《しんべえ》は、陳皮だけを飲んだところで体が治るだろうかと懐《かい》疑《ぎ》的だったが、飲んで毒になることはない。伊兵衛に試してほしかった。

生の柚子を使うのがいいというが、この季節、干した陳皮を使うしかない。

焦《こ》げないように竹のへらでかき混ぜながら火にかけ、水あめくらいにとろとろになったところで、火からおろし、小さな壺《つぼ》にいれた。

明日、伊兵衛に届けよう。蒲公英初のごひいきのひとりになってくれた伊兵衛。ふくと伊兵衛の楽し気なおしゃべりをもう一度聞きたかった。

だが翌朝、伊兵衛はふらりと蒲公英に姿を現した。

「ご無沙汰《ぶさた》してしまって」

藍地に細縞《ほそじま》の本麻《ほんあさ》の夏着物に、白地の献上博多《けんじようはかた》を締めて、洒落《しやれ》のめしている。

驚きで、さゆの声がかすれた
「伊兵衛さん、ご無事だったんですね」

ふくはこぼれんばかりに目を開き、伊兵衛の頭の先から足の先まで見つめる。

「お化けじゃないよね」

「お化けなんかじゃありませんよ。ま、無事ってわけでもないんだが」

伊兵衛は左の指で、右手首と、右目の端を指さした。右手首には晒《さら》し木綿《もめん》が巻かれ、目のまわりには痛々しい青あざが浮いている。

「まいったよ。部屋ですっ転んで、脇息《きようそく》に額《ひたい》をぶつけちまって」

床についた右手首でかろうじて体を支えたが、その手首も痛めて膏薬《こうやく》を貼っているという。そういえば伊兵衛はぷんと薬臭い。

「てっきり中風《ちゆうふう》だとばかり」

「あざもだいぶ薄くなってきたが、当初は上まぶたが真っ黒になっちまって、とても人前には出られたもんじゃなかったんだ」

「それならそうと、いってくれたらいいのに。よけいな心配しちまったじゃない。

……ああ、胸がまだばたついている」

口をとがらせたふくに、伊兵衛は嫁に口止めをしたのだとすまなそうな顔をした。

「……転んで顔を打ったなんて面目《めんぼく》なくてな。おふくさんには見舞いまで頂戴して」

「もう痛みはおさまったの」

「手首はまだ痛いんだよ。骨継《ほねつ》ぎは折れてないといってるが、利《き》き腕だから不自由でね」

「で、何につまずいたの？」

「……座布団《ざぶとん》」

きまずそうに伊兵衛は小鼻の脇を指でかいた。ふくはむっと口をつぐんだまま、さゆを見た。さゆも黙ってまばたきを繰り返す。

「座布団につまずいて、ころぶ人なんているんですね」

るりがさゆの後ろでぼそっといった。伊兵衛の口がへの字になる。

「畳の縁《ふち》につまずく人もいるそうですよ。それどころか、何もなくても足がつっかって転ぶことだってありますから」

さゆはあわてていい添え、奥から柚子の陳皮を煮詰めたものを入れた壺をとってきた。

「よかったら、これ。体にいいって聞いて、伊兵衛さんに飲んでもらおうと、今日、お宅にお届けしようと思ってたところだったんですよ」

壺を受け取った伊兵衛は、たちまち相好《そうごう》を崩した。

「これを私に。おさゆさんがわざわざ作ってくれたんですか。……嬉しいねぇ」

「右手が不自由じゃ、せっかくの壺を持って帰るのも大変だ。帰りは私が家まで送ってやるよ」

伊兵衛は、そういったふくにも律儀に頭をさげた。

「ありがたいねぇ。おふくさんとおさゆさん、おるりちゃん、みんな私の心の花だよ」

ふくの目が細くなった。

「お上手になっちゃって。伊兵衛さん。頭を打ったのがよかったのかね」

「打ったのは顔と手だけどな」

伊兵衛がそういって頭をかいたとき、小夏が入ってきて、「あら、伊兵衛さんじゃない。どうなすってたか、心配していたんですよ」と声をかけた。

「もうひとつ、花が増えましたね」

さゆがささやくと、伊兵衛は笑ってうなずいた。目の縁がほんのり赤かった。

鮎《あゆ》がまた昼過ぎに来るようになったのは、その日からだった。茶の間で静かに縫物をし、夕方迎えにきた女中のスミと連れだって帰っていく。

伊織が友吉と一緒に顔を出したのは、それから四日ばかりたった夕方だった。

「まあ伊織さま、親分さんも。ふたりともすごい汗」

真夏のことで、夕暮れになっても暑さはおさまらない。西日が町を焼いているような日だった。さゆが絞った手拭いを差し出すと、これはありがたいと伊織は顔や首を拭きはじめる。

「あっしにまで……ああ、ひゃっこくて気持ちがいいや」

友吉も首をぬぐいながら目を細めた。

「町を駆けずり回って、身体はどろどろ。腹はぺこぺこ。団子を二本、いや三本、焼いてくださぃ。友吉は、もっと頼んでもいいぞ」

「あっしも三本でお願いしやす」

気さくにいった伊織に、友吉は苦笑しながらうなずいた。

このところ、亀戸村《かめいどむら》の庄屋《しょうや》、湯島天神《ゆしまてんじん》下の大店《おおだな》、向島《むこうじま》の料理屋などに盗賊が入り、大金を盗んでいく事件が次々に起きていた。

一味のひとりが奉公人としてそれぞれの店や家に入り込み、金のありかから金の集まる日など、すべてを調べ上げているらしく、手はずが鮮やかだというのが共通している。短時間のうちに、家人に気づかれずにことをなしとげるので、血を見ることもない。金が消え、その日を境に手引きに加担した住み込みの女中、あるいは下男《げなん》がひとりいなくなるだけだ。

死人は出ないものの、大事な銭をとられ、立ち行かなくなる店もあった。

伊織と友吉はその事件を追っているらしかった。

「また、盗みがあったんですか」

「昨晩、山王町《さんのうちょう》の『肥前屋《ひぜんや》』がやられた」

確か唐織物《からおりもの》を扱う店である。

「三百両、ごっそりもっていかれちまった」

「三百両も。またどなたも気づかなかったんですか」

「いや、夜中に厠《かわや》に起きた小僧《こぞう》が物音に気付いて、大声で叫んだ。だがその声でみなが起き出したときには、賊は銭を持って消えていたそうだ」

「その小僧さん、殺されなくてよかったですね。声を出した途端《とたん》、ばっさりなんてこともあるでしょうに」

「おさゆさんのいう通り。幸い、はしっこい小僧で、走って逃げたらしい。そいつの話によると、賊は四人らしいということもわかった。みな、顔がわからぬように黒い手拭いをかぶり、目だけを出していたそうだ」

「……恐ろしい」

「おるりさんには、姿を消した女中の人相書きを描いてもらった。うまいもんだと、みな感心しておった。な、友吉」

「はあ。絵の腕だけはぴか一で」

だけ、というところに力が入っている。

「あら友吉さん。今日、おるりさんと一緒だったんですか」

るりは昼まで蒲公英で働いて、裏長屋に帰って行った。

友吉が来たときは、いつも喧嘩腰《けんかごし》のやりとりが始まるものだが、今日は荒らげた声が聞こえなかった。

「友吉さんがいらしたこと、気が付かなかった。いつもならすぐにわかるのに」

「お騒がせして。こっちはこらえ性がないし、おるりさんはああいう女だから、売り言葉に買い言葉でついつい角《つの》突き合わせちまうんでさぁ。行くの、行かないの、早くしろ、いやだのって。大騒ぎになることもしょっちゅうで。あっしが来たってことが長屋はもちろん、おさゆさんにまで知れ渡っちまう。別に知られたって御用の向きだから、いいんですけどね。けどいさかいになると、道中もああだこうだって、それも面倒だ。でもまあ、ようやく、おるりさんとの付き合い方が少しわかってきたんでさ」

友吉が苦笑しながらいった。

「ほう、付き合い方にこつがあるのか？」

「仕事だ。ついてこい。それじゃ、おるりさんは納得しねえ。何を偉そうにとか、なんの仕事だと、かみついてきやがる。けど、人相書きの仕事を頼む。三味線堀《しゃみせんぼり》の番屋まで行ってほしい。という具合に、きちんといえばわかる。なんのために、どこで、何をするかってことを少しばかり丁寧にいえば、どうやらもめごとにはならねえようで」

伊織は三本目を食べ終え、懐手《ふところで》になった。

「友吉、こう見えて、おめえはほんとにいいやつなんだよな」

「なんですか、やぶからぼうに。それにこう見えてって。……いくらほめられても、旦那に団子はおごりませんぜ」

友吉は他の岡っ引きに、るりの腕がいいとほめて紹介するだけでなく、愛想がないと文句をいう連中にしっかり釘をさして、るりが働きやすいようにしてやっていると、伊織は続けた。

――おまえさん、おるりさんのこと、あれこれいってるがな、おるりさんが男だったら、それでも愛想が悪いと責めるか。嫌うか。

――だけど友吉っつぁん、おるりさんは女だろうが。

――おるりさんがここにきているのは絵師だからだ。絵をみただろ。うまかっただろ。おるりさんの人相書きで、人さらいにあった子どもたちを見つけられた。迷子になったじいさんも見つかった。すりの女も捕まえた。騙《かた》りを繰り返して年寄りから金をまきあげていた男もお縄にした。これほど腕のいい絵師は他にいない。おまえが文句をいって、おるりさんがへそを曲げたらどうする。似顔絵書きなんかやめるといったら、困るのはあっしたちだ。おるりさんとは、そういう心もちで付き合ってくんな。

友吉はるりのために頭を下げるのもいとわないと、伊織がいうと、友吉は照れくさそうに頭をかいた。

「好きな絵を描くために、親の反対を押し切り、家を出て、裏長屋で一人暮らしするなんて、男だってなかなかできることじゃねえ。愛想笑いのひとつもしやしねえし、口を開けばけんもほろろ。これほどむしゃくしゃさせられる女は他にいねえ。それでも、絵を描きたいと思う心持ちにはごまかしがない。たいしたもんだ。応援してやりたいって気になってきたんでさぁ。あっしも、家を出た男ですし」

友吉は立ち上がり、懐から巾着《きんちゃく》をだす。

「それじゃ、あっしはお先に」

「ここはいいよ。おれんちみたいなもんだから」

すかさず、伊織がいった。友吉はごちそうになりやすといい、そそくさと出ていく。伊織はその後ろ姿を見ながら、にやにやと笑った。

「しかし人はわからんもんだな。友吉がおるりさんの後押しにまわるとは」

「あんなに喧嘩ばかりしていたのにねぇ……もしかして友吉さん、おるりさんのこと……」

伊織は、手を横にふった。

「いや、それはいくらなんでも」

そのときだった。鮎がいそいそと店に出てきた。

「お久しぶりでございます」

鮎は一礼した。

「お鮎さん、いらしていたんですか。どうぞどうぞ。……と私がいうのも変か？」

くすっと笑いながら、鮎は友吉が座っていたところに腰をかけた。

「お忙しそうですのね」

「同心《どうしん》や岡っ引きが毎日、炎天下の中、歩き回っていると思うと、音《ね》を上げるわけにはいきませんよ。殿様の役替わりのたびにさまざまなお役目を承りましたが、町方《まちかた》はとりわけ御用繁多《ごようはんた》で多事多端《たじたたん》。一日があっという間で、家には寝に帰るだけ。おまえの顔など忘れそうだと母に皮肉をいわれる始末です」

「大変ですこと。お体にだけは気を付けてくださいね」

さゆは、そういわずにいられなかった。

鮎は伊織を見あげる。

「そんなに……」

「やることは山積《やまづ》みです。……いや、申し訳ない。人が忙しい忙しいといっているものほどつまらんものはござらんのに、つい無粋《ぶすい》な話をしてしまいました。この店ではうっかり気が緩んでしまうんですよ。おさゆさんは、何をいってもやんわり受け止めてくれるから」

「……そういう方は他にいらっしゃいませんの？」

鮎の湯呑に冷茶を注《つ》いでいたさゆの手が一瞬、止まった。

おとなしい鮎が、そんなことを伊織に。

どれだけ思い切りがいっただろうと、さゆの胸がどきどきいいはじめる。

「他に？　おふくろになんかいったら最後、おまえは仕事が遅いだの、辛抱《しんぼう》が足りないだの、話が違うほうにいっちまいますから、家じゃ私もだんまり黙して語らず。同僚と繰り出すときには、本音をはきだしたりもしますが。それもざらにある話じゃない。まあ、正直いえば忙しいのが嫌なわけでもないんですよ。ただ、おさゆさんの、大変ですね、という声を聞くと、ほっとするんでしょうな。子どものころからなんだかんだと、おさゆさんにはかばってもらいましたから」

「そんなことありましたかしら」

さゆはとぼけて、伊織の湯呑に冷茶を注ぎ足す。伊織が噴き出した。

「こういうことをしらっというんですから、かなわねえや」

「大叔母さまみたいなお嫁さんがいらっしゃればいいのに」

鮎は小さな声でいった。伊織はえっという顔になった。

「おさゆさんみたいな？　いや、それはどうだろ。いやだっていうわけじゃないですよ。でも、頭があがんないってのも困りもんだな。……いずれにしても嫁取りなんてまだずっと先のことですよ」

そういって、伊織は腰をあげ、鮎にいった。

「お送りいたしましょうか」

「ありがとうございます。でも……まもなく迎えが参りますので」

「それではまた」

鮎は立ち上がり、伊織を見つめた。

「どうぞ、お元気で」

鮎は伊織の姿が見えなくなると、すとんとまた腰を下ろした。

それっきり、鮎は石になってしまったように押し黙った。

鮎にかける言葉が見つからない。伊織と友吉のお盆を下げ、さゆが洗い物をすませたとき、スミが迎えにやってきた。

「大叔母さま、それではまた」

鮎は立ち上がり、かすれた声でさゆにいった。

「お鮎、大丈夫？」

さゆは鮎にそういわずにいられなかった。鮎は思いつめたような表情をしている。

「……ええ」

「歩いて帰れる？」

「ご心配なく。……私、歩いて行けます」

さゆは鮎の背に手をおいた。わずかに震えている背中を、さゆは皺《しわ》だらけの手でそっとなでた。

「しっかりね」

「……はい」

鮎はうなずき、顔をあげて出て行った。

その晩、さゆは椎茸《しいたけ》の甘煮を作った。すえの一件のときに三枡屋の主夫婦からもらったどんこの干し椎茸だ。肉厚で味も香りも強い。

心に屈託《くったく》があるとき、さゆは煮物を作りたくなる。

水でゆっくり戻した干し椎茸を薄切りにして、砂糖と醬油《しょうゆ》を加えた戻し汁でコトコトと煮ていく。味がしみたところで火をとめ、いったん冷まし、もう一度煮汁がなくなるまで煮るのが、さゆのやり方だ。二度火にかける手間はかかるが、味わいが深くなる。

鮎は今ごろどうしているだろうと、さゆの胸が痛んだ。

伊織は鮎の気持ちにまったく気づかなかったのだろうか。だとしたら本当に朴念仁《ぼくねんじん》だ。気づいていながら、気づかぬふりをしたのだろうか。

いずれにしても、伊織は今、伴侶《はんりょ》を求めてはいないと、鮎にはっきりいった。そういう時期ではないのだと。

恋をすれば、一緒に話し、笑いあいたいと願うものだが、相手の機が熟していなければ、いくら相性が良くてもはじまらない。

今は辛くても、鮎がこの試練を乗り越えると信じるしかなかった。

別鍋にたっぷりの湯をわかし、さゆは素麺《そうめん》をぱらぱらと入れた。ふきこぼれないように気を付けつつ、菜箸で素麺を躍《おど》らせるようにかき混ぜる。一本とって歯ごたえを確かめ、素早くざるにざっと移し、水を変えながら素麺をもみ洗いした。

つゆは、昼に作り、冷ましていた。昆布《こんぶ》を一晩つけてうまみをひきだした昆布水が沸騰《ふっとう》したところで鰹節《かつおぶし》をたっぷり加えて、晒し木綿で丁寧に漉《こ》し、醤油、砂糖、味醂《みりん》で調味したものだ。

生姜《しょうが》をすり下ろし、小ねぎの小口切りを少々、椎茸の甘煮を豆皿に盛り付け、素麺とつゆをお膳《ぜん》に並べた。

ピリッとした生姜の辛みが爽《さわ》やかで、椎茸やつゆとの相性がいい。

鮎のことがこたえていて、食が進まないのではないかと思ったが、ひと口食べた途端、さゆの食欲が戻ってきた。

「本当に食いしん坊だ、私は」

さゆはそうつぶやくと、また素麺をつるつるとすすった。


鮎は、ぱたっと蒲公英に姿を見せなくなった。

るりのところには、ときどき友吉が出入りしている。口喧嘩の回数は少しずつ減っているようだが、たまに角突き合わせている声が聞こえることもあった。

伊兵衛は以前と同様、毎日やってくる。

だが、みなにちやほやされたのはわずか二日だけで、その後は一転、転んで青タンを作っただけなのに、むやみに心配をかけるようなことをしでかしたと、ふくやの小夏に冷たくされている。浅草・奥山《おくやま》の水からくりを見に行きたいと伊兵衛はしきりにいっているが、手首が治ってからだとじらされているのも、いたしかたなさそうだった。

数日前には、湯河原《ゆがわら》のちかから、すったもんだあったものの、なんとか男と別れたという文も届いた。とりあえず大人しく親の店を手伝っているが、まわりにいい男がおらず、退屈しているという文面が不穏《ふおん》でもあった。

いわし屋の嫁で、鮎の母のきえがやってきたのは七月の末、油日照《あぶらひで》りの昼前だった。

きえがひとりで蒲公英に来るのは二度目である。

五月にやってきたときには、縁談に乗り気ではない鮎を心配して、鮎から何か聞いていないかとさゆに尋ねた。もしかして、鮎に好きな相手がいるのではないか、その相手をさゆが知っているのではないかと匂わせたりもして、母親の勘というものは侮《あなど》れないと思わされた。

きえはこの日、水色の変わり縞の絽《ろ》の着物に、淡《あわ》い黄色地の麻の葉模様の夏帯を締めて、いかにも大店のご新造《しんぞう》様らしく、すっきり美しかった。うっすらと額《ひたい》に汗が浮いていたが、立ち姿は涼《すず》しげで、ギラギラのお天道様もきえには遠慮しているように見える。

この洒落者の母にしてあの娘あり。鮎が着物を見立てる優《すぐ》れた目を培《つちか》うことができたのは、きえのおかげだろう。

店をるりに頼み、さゆは茶の間にきえを招いた。

きえが風呂敷包みをあけると、ぷんと香ばしいにおいが部屋中にたちこめた。

「宮川《みやがわ》の鰻重《うなじゅう》でございます。お昼にと思いまして。暑気払《しょきばら》いには鰻だといわれておりますでしょう。おるりさんとご一緒に、どうぞ召し上がってくださいませ」

小さな重箱をふたつ、すっと差し出した。

「あら温かい」

重箱を持ち上げ、さゆはつぶやいた。

「できたてでございますの」

「お心遣い、嬉しゅうございます」

きえは冷茶を飲み、美味しいと微笑んだ。以前より、表情がずっと柔《やわ》らかかった。きえはすぐに本論を切り出した。

「ご心配をおかけしておりましたが、鮎がようやく見合いをしてもいいといってくれまして」

鮎はあの日、伊織への恋心に幕を下ろしたのだと、さゆの胸がつんと痛んだ。

とはいえ、そのときからひと月もたっていない。鮎は本当に気持ちを振り切り、前に進む気持ちになったのか。あの日の帰り、うなだれていた鮎の細い首を、さゆは思い出した。

「そうなの。それはそれは」

まさかとは思うが、恋に破れ、どうにでもなれと鮎が見合いを承知したのではあるまいか。いや、鮎はそんな軽はずみな娘ではない。しかし、真面目な娘がやぶれかぶれになることだってある。さゆの胸は様々な思いが入り乱れ、でんぐり返りそうだ。

そんなさゆの気持ちを知る由《よし》もなく、きえは穏やかに続ける。

「おさゆさまに前にご相談申し上げたとき、実を申せば鮎には好きな人がいるのではないかとちょっと思っておりました。池田家のご用人で、内与力《うちよりき》の宮下《みやした》さまというさわやかな青年がいらっしゃいますでしょう。幾度《いくど》か鮎を家までお送りいただいたようでしたし、もしかしたらと。でも思い過ごしで、ほっといたしました。あの子が武家に嫁ぐなんて、とても考えられませんもの。これからお相手探しをいたします。いいお話があれば、どうぞよろしくお願いします」

きえは新川《しんかわ》の大きな酒問屋の生まれで、生まれ育ちも嫁ぎ先も商家である。のびのび育ったせいか、物おじするところがなく、思ったことをこれこのようにぽんぽんと口にするところがある。

「鮎の顔をみたいので、近々、遊びに来てほしいと伝えてくださいな」

上機嫌で帰るきえに、さゆはいった。

きえが帰ってしばらくすると、客が途絶《とだ》えた。

「おるりちゃん、少し早いけど、お昼にしない？　鰻をもらったの」

「私もいいんですか」

「おるりちゃんの分もあるの。食べましょうよ」

「鰻、大好物です」

蓋《ふた》をとると、つやつやのご飯の上に、ふっくらと焼き上げた鰻が乗っていた。皮はぱりっと香ばしく、身は脂《あぶら》がのっていて甘く柔らかい。たれとご飯の絡みぐあいもこたえられない。

「美味しいわねぇ」

「うまいです」

箸《はし》が止まらない。ふたりとも一気にぺろりと食べ終え、お茶を飲んでいると、友吉が顔をだした。

「おるりさんが描いた人相書きで、肥前《ひぜん》屋から逃げた女中がつかまったよ」

友吉はいきなりそういった。

「本当？」

「お手柄《てがら》だ」

るりに、友吉がうなずく。

盗賊を手引きした女中だった。女は浅草の諏訪町《すわちょう》に住む男の長屋に転がり込んでいたという。見つかったのは女が落とした財布がきっかけだった。

同じ長屋に住むおかみさんが、長屋の入口近くで女ものの財布を拾って番屋に届け出たのである。その財布には、三両もの大金が入っていたので、おかみさんはもちろん岡っ引きもびっくりこいた。

だが、財布を落としたという女は現れない。三両も入っていたのに。

もしかしたら、この三両は後ろめたい金かもしれないと岡っ引きは疑い、長屋の住人に話を聞き廻ると、そこに人相書きにそっくりの女がいた。

近頃引っ越してきたばかりの女だった。部屋をあらためると、女の荷物からは三十両を超える大金が出てきた。

「一緒にいた男も一味だったの？」

「そいつはどうやら無関係だったらしい。その長屋に二十年も暮らしてる畳職人で、急に女房然とした女を引き込んだと、みな不思議がっていたというんだ」

ふたりは近くの飲み屋でたまたま隣り合わせ、さしつさされつしたその日のうちに深い仲になったという。

「女はそこで羽を休め、高飛びする機会を狙ってたんだろう。男はスケベ心を起こしたばかりに自分までお縄になって、馬鹿を見たってわけだ。早晩、解き放ちになるだろうが」

「財布を落とすなんて、その女も馬鹿だよ」

るりが吐き捨てるようにいう。

「違いねえ。もっとも盗みの一味になったってのが、救いようがねえ。女中働きの評判もよかったというのに、十両盗んだら死罪になるところ、四百両だからな」

「あたしが描いた女が死罪になるのかぁ……いやだねぇ」

「人相書きのせいじゃねえ。そういうことをしたら、そうなっちまうのが世の理《ことわり》だからだ。これで盗賊をまとめてあげられれば、おるりさん、またご褒美《ほうび》がでるぜ」

「おるりちゃん、すごいじゃない」

さゆがそういうと、るりは口の端をゆがめた。

「前に人さらいの一件でご褒美もらったけど。……するめ五枚と酒一升《しょう》。そんなもんもらったところで嬉しくもなんともないよ。酒のまないし」

「身も蓋もねえことというなよ」

「酒をもらったら、友吉さんにやるよ」

「そりゃ、ごっつぁんだが、……折りをみて、おるりさんはご褒美より金一封がいいようだと、旦那の耳に入れとくか」

友吉はそういうと、ほんじゃと手をあげて出ていった。

「面倒見のいい人だね、友吉さんて」

るりはさゆにうなずいた。

「そうですね。私みたいなもんを使ってくれるんだから。……でもいつまで岡っ引きやってんのかな。友吉さん、本当は大きな仏壇屋の息子だって。父親が半年前から寝付いて、帰ってこいっていわれてるって聞きました」

「そうなの？」

「帰らないって友吉さんはいってるけど、岡っ引きなんて金にならないし。やせ我慢がいつまで続くのやら」

岡っ引きの給金は雀《すずめ》の涙だ。給金は同心の小遣いから渡されるわずかなものに過ぎず、ほとんどの岡っ引きは、他の商売と兼業したり、女房に店をまかせて生計を立てていた。

友吉には稼《かせ》いでくれる女房もいなければ、定職もない。かといって袖《そで》の下にがめついという噂もない。仲のいい大工から木くずを分けてもらったり、火事場の燃え残りを拾い、焚《た》きものとしてときおり湯屋に売って、わずかながら暮らしの足しにしているようだった。

「このごろ、ときどき実家に顔を見せているって」

そういった、るりの横顔が心なしか寂しそうだった。

鮎はその三日後に蒲公英にやって来た。いつものように、茶の間でお針の稽古《けいこ》をし、夕方客がいなくなったところで、店に出てきた。

さゆの前に腰かけ、鮎は上目遣いにさゆを見た。

「おっかさま、来たでしょう」

「ええ。見合いを承知したとか」

鮎は口元をひきしめると、背をただした。

「……ええまあ。そのときは」

「そのときは？」

ふうっと鮎はため息をついた。

「やっぱり、見合いをする気にはなれなくて……」

きえの喜色満面《きしよくまんめん》の表情が浮かんで、さゆは頭を抱えたくなった。

「伊織さまのことをまだ？」

「前に送ってくださったとき、伊織さまが私を見て、妹がいたらこんな感じなのかなとおっしゃったことがあったんです」

鮎は顔をあげ、少し早口でいった。

そのとき、伊織と鮎はこんな話をしたという。

——何はなくても妹という知り合いがいるんだ。いや、妹がそんな美人ってわけでもない。どちらかといえばへちゃむくれだ。それでも奴はかわいくてたまらないらしくて。妹に虫がついたら許さないと息巻く始末で。妹の祝言《しゅうげん》が決まったときにも大騒ぎしやがった。変わった男だと思っていたが、お鮎さんみたいな妹がいたら、私だってそう思うかもな。

——へちゃむくれの妹ですか、私？

——いや、お鮎さんは卵に目鼻みたいにつるんとしてる。

——卵に目鼻？

——美人だっていってんですよ。

「大笑いしてしまったけど……だから私、伊織さまにかわいいと思われていると思い込んでいて……でも、女としてじゃなかった。ほんとに妹分というだけだったんですよね」

「そんなことがあったの」

「もういいんです、伊織さまのことは」

鮎はきっぱりといった。

「でもまだ落ち着かないわよね。すぐに見合いをする気持ちにはなれないというのもわかるわ」

「……そういうことじゃなくて……」

鮎は口元を引き締めて、さゆの目を見つめる。思いがけず、まなざしが強かった。

「大叔母さま、絶対、誰にもいわないでいただけますか」

「なんのこと？」

「今から、私が話すこと……」

さゆは眉《まゆ》を寄せた。いやな予感がした。やっかいなことになるのではあるまいか。

「ここだけの話にしていただけますね。実は私……」

「何？」

「今、気になっている人がいて……」

「伊織さまじゃなくて？……ほかに？」

「……ええ」

驚きのあまり、さゆは飛び上がりそうになった。鮎に、もうひとり意中《いちゅう》の人がいた？

そんなこと、想像もしていなかった。

「……覚えてらっしゃいますかしら。この店で会った、宗一郎《そういちろう》さんという調子のいい人」

宗一郎。呉服問屋「難波屋《なんばや》」の跡取り息子だ。以前、鮎との見合い話があったが、それは立ち消えになった。

半月ほど前、お針の稽古の帰り、鮎は突然、通りで、宗一郎に呼び止められたという。

――ちょっとよろしいですか。蒲公英で先日、お会いした者ですが。

――ああ。覚えております。

――それはよかった。ちょっとお話、したいのですが。

――……すみません。先を急ぎますので。

未婚の娘が若い男と町中で話をしただけで噂になりかねない。鮎はそそくさと立ち去ろうとした。だが宗一郎はひかなかった。

――ほんのちょっとでいいんです。そこの茶店で。といっても、こちらの店には蒲公英のような洒落たお茶も団子もありませんが。

――でも……。

――お願いします。

宗一郎は鮎に頭を下げた。男の人に、こんな風に頼まれごとをされたのは、鮎ははじめてだった。

　断り切れず、店先に置かれた緋毛氈《ひもうせん》をしいた腰掛に鮎は座った。

「前の柳が日陰を作ってはいましたが、じりじりと暑い午後でございました」

　話を聞きながら、いくらなんでも鮎は軽すぎるのではないかと、さゆはやきもきしてきた。

　鮎は頬《ほお》をほんのり染めながら、夢中で話し続ける。

　腰掛に並んで座った宗一郎は、朝と昼過ぎに自分の店の前を通る鮎をずっと見続けてきたといった。

　はじめは、鮎の着物と帯、小物などの組み合わせに目がひかれた。そして次第に、鮎の佇《たたず》まい、スミと交わす鮎の笑みにも惹《ひ》かれるようにもなった、と。

「びっくりしました。もしかしたらつきあってくれといわれるのではないかと。もう逃げて帰ろうかと思った時に、宗一郎さんが、思わぬことをおっしゃったんです」

　――花織《はなおり》模様のお召しを仕上げたあとは何を縫っているんですか。よかったら見せてもらえませんか。

　――まだ縫ってまではおりませんけど。

　ためらいもあったが、鮎は風呂敷を広げた。先日の着物の話がおもしろかったことを思い出したからだ。中には裁断したばかりの白地の小紋《こもん》が入っていた。萩《はぎ》や女郎花《おみなえし》などの秋草が描かれている。

――ほ～、いい柄だな。これ、自分で裁断したんですか。柄合わせも考えて？

振袖などは柄が合うように絵がはじめから描かれているが、小紋の着物や浴衣は仕立てる人が柄合わせを考えなくてはならない。上前の胸元と裾に一番よい柄がくるようにするとか、背中側の柄合わせがきれいになるように身頃を合わせるとか、胸元と左の内袖の柄を合わせるとか。出来上がりを思い浮かべてはさみを入れるのだ。

できあがりがまるっきりかわってしまうので、お針仲間でも裁断だけはお師匠さんにお願いする者も多い。そのため、裁断の難しさと楽しさを語らう仲間が鮎にはいなかった。

そんなところに宗一郎が裁断の話を持ち出したので、鮎は急に嬉しくなってしまったという。

――悩んだんですけど、裾にかけて華やかに柄を見せることにしましたの。そのかわり、上前の胸元と内袖の柄は少し控《ひか》えめに。

――なるほど。これなら帯の下から裾にかけて流れるように柄が出ますな。すっきりとしてきれいだ。となると、帯はどんなものがいいだろう。

——帯は、黄色みがかった白地でもいいし、淡い桜色もいいと思います。それで、帯揚げや帯締めには少し濃い目のさし色をもってこようかと。渋めの帯を合わせたら、この着物、年配になっても着られるとも思うんです。

——そこまで考えて、反物を選んだんですね。えらいもんや。

気が付くと、鮎は夢中になって話していた。

とはいえ、夏の日盛りの外は暑いし、男と茶店にいたところを知り合いに見られでもしたら大事《おおごと》になりかねない。

そろそろと腰をあげかけると、宗一郎はまた意外なことをいった。

——また寄ってくれませんか。お鮎さんと着物の話をするのが楽しくて。一日おきにお針の稽古に通っているでしょ。帰りにちょっとだけでいいので、お願いします。

そういって、さっき宗一郎が声をかけたあたりに目をやった。呉服問屋難波屋の看板が見えた。

——そこがうちの店ですから。お鮎さんが通りかかったら、きっと声をかけさせてもらいます。

「そういうことになってしまって」

すでに五度ほど、宗一郎とお茶を飲んでおしゃべりをしたと、鮎はいった。

「五回も？」

「だって。お針の帰りの時間に、宗一郎さんたら店の前に出て待ってらっしゃるんですもの」

「宗一郎さんが気になっているのね」

帰り道を変えれば宗一郎に会わずに済むのに、鮎はその道を選んだのだ。

「……話が合うんです。私は自分の着物だけでなく、人が着ているのを見るのも好きだし。今流行《はや》っているものも気になる。宗一郎さんも、私と着物の話をしていると、あきないんですって。本当に着物が好きで、歌舞伎に欠かさずいくのも、役者の着物を見るためなんですって。いつか一緒に歌舞伎を見に行こうともいってくれて。そんなこと、若い男と女ができるはずがないのに、おかしな人なの」

確かに、これではほかの人と見合いをしてもうまくいくわけがない。

さゆは考えた末にいった。

「おきえさんに宗一郎さんのこと、正直に打ち明けたほうがいいわ」

「おっかさまに？　男の人と親に隠れておしゃべりしてたなんて知られたら怒られるに決まってる」

「でも、打ち明けなければ別の見合い話を進められてしまうに決まっている。おきえさん、はりきってらっしゃったもの。怒られても一時《いっとき》よ。じっとしていれば嵐は過ぎ去るから」

鮎は口をとがらせる。まだ十六。もう十六である。

「……お鮎は、宗一郎さんとは一緒になってもいいと思ってる?」

「まだわからない……でも、また会いたい」

おとなしくて、うじうじしているようにも見える鮎だが、自分の気持ちに正直で、切り替えもそれなりに早く、意外に大胆でもあることに、さゆは正直、目を見張る思いがした。

あと数日で、八月という日だった。

第五話　想い星

まさが蒲公英《たんぽぽ》を訪ねてきたのは、八月に入ってすぐのことだった。店には伊兵衛《いへえ》やふくが陣取っており、次々に職人やら買い物帰りの親子連れが入ってくる時刻で、るりひとりに店を任せるのは心もとない。

「ちょっと待っててもらえる？　ごめんなさいね。せっかく来てもらったのに」

「急にお訪ねして、こちらこそ申し訳ありません。待つのはかまいませんので、どうぞお気遣いなく」

「店じゃ落ち着かないでしょ。茶の間にあがって。どうぞ、遠慮しないで」

だが、まさはさゆが茶店を切り盛りしているさまを見たいと、常連客から少しばかり離れた腰掛に座った。

にぎやかだった店が静けさを取り戻したのは、伊兵衛たちが腰をあげてから半刻ほどしてからだった。

「おさゆさまったら、年寄りの道楽なんておっしゃっていたから、てっきりのんびり団子《だんご》を焼いているとばかり思っていたのに。こんな繁盛店だとは」

まさは大柄な体を丸めてくすくす笑った。

「暇なときは暇なのよ。でもときどき潮《しお》が満ちるようにお客様がいらっしゃるの。案外、出たとこ勝負でね」

さゆは店をるりに頼み、まさを茶の間に招くと、改めて両手をついた。

「それはそうと、嫁入り、本当におめでとうございます」

「結構なものをお祝いに頂戴して、恐縮しております。これは気持ちばかりのものですが、どうぞお納めくださいませ」

まさは四角い包みをさゆにさしだした。まさは七月に親戚だけで祝言《しゅうげん》をあげ、芝《しば》の紅問屋《べにどんや》「出羽屋《でわや》」の後妻に入ったばかりだ。

三十五歳で初婚である。相手は三つ上の三十八歳。嫁入りと同時に十八歳、十六歳、十四歳と男ばかり三人の子どもの母親にもなった。さゆは、まさへの祝いに薄紫の縮緬《ちりめん》の反物《たんもの》を、亭主には献上博多《けんじょうはかた》の帯を吟味《ぎんみ》して、届けていた。

まさはいかにも幸せそうに見えた。

「息子三人は亭主の商いの手伝いで店に出ているんです。食べ盛りでね。私が作ったものを美味《おい》しいと食べてくれるので、それが嬉しくて」

ふっくらした頰《ほお》をほころばせる。舅姑《しゅうとしゅうとめ》は祝言の前に、湯島《ゆしま》に隠居し、嫁姑《よめしゅうとめ》のいざこざもないという。

「奉公人《ほうこうにん》の朝晩の食事も私が作っているんです」

「お手のものよね」

「奉公人は女中を含め、十人ほどですから、なんということもございません。池田《いけだ》家でおさゆさまにしつけていただいたおかげです」

まさは万事に控《ひか》えめで、少しばかり頑固《がんこ》な女だった。女中頭《がしら》の春《はる》と並ぶほどの料理の腕をもちながら、まわりに気を遣いすぎるため人を使うのが苦手で、人の上に立つのを断り続けた。いくらさゆが説得をしても、そんな器ではございませんと首を横に振った。

商家のおかみさんとなれば女中を使わなければならない。気になっていたのはただひとつ。まさは女中をうまく統率できているだろうかという点だった。

「女中さんたちとは、うまくやってる？」

おそるおそるさゆがたずねると、まさは膝《ひざ》を進めた。

「実は私が嫁《とつ》ぐことになって、三人いたうち、古株の女中ふたりが暇《いとま》をとりましてね」

「そりゃまたどうして」

「三年前に亡くなった前のおかみさん、おみきさんという人なんですが、ふたりはそのおみきさんが雇った女中で、年も年で。私につかえるのがいやだったのかもしれません」

「それじゃ不自由してるんじゃない？」

「いいえ、それで、新しく十三の娘と十四の娘をふたり、雇い入れてもらったんです。残った女中も二十歳。みんな自分の娘みたいな年齢ですから、私もそれほど緊張せず、今のところ、仕事を教えることができて。なんとかうまくやっておりますの」

新しい母親が来て、自分たちの母親の影が薄れてしまうのではないかと、息子たちが寂しく思わないように、まさは嫁ぐことが決まってからは、みきの月命日には花を持って墓参りに行っているという。今は毎日、息子たちと一緒に仏様に手をあわせていると微笑《ほほえ》んだ。

団子を二本続けて食べ、お茶を飲み、わらび餅《もち》を食べている間に、また店が混んできて、まさは「ではそろそろ」と腰をあげた。

「そうそう、うちの舅姑は湯島に隠居所を構えているんですがね、その近所の屋敷にお旗本《はたもと》のご隠居が入られるようで、この間から大工が入っているんですよ。……そのご隠居、長崎奉行《ながさきぶぎょう》さまの父親だそうで。とすると前に、殿様がお招きになった方じゃないかと」

さゆの目が点になった。長崎奉行の父親とは、渡辺俊一郎《わたなべしゅんいちろう》に他ならない。

「湯島に。……さぞ凝《こ》ったお屋敷なんでしょうね」

動揺を隠したつもりだったが、わずかに声がかすれた。

「お旗本のお屋敷からみたら、比べ物にならないほど簡素なものですよ。確か、その方も、なんとかいうお奉行をお務めになったそうじゃありませんか」

佐渡《さど》奉行である。

「そんな偉い方が、商家の隠居所に毛が生えたようなところにお住まいになるなんて。ちょっと変わっているんじゃないかといわれてますの」

「体面とか格式とかにこだわらない方なんじゃないかしら。気楽に町住まいをしたいと思われているのかもしれませんよ」

だが、まさはさゆの耳に顔を寄せ、声をひそめる。

「お妾《めかけ》さんを置く気じゃないかなどと、うがったうわさも流れていて」

「お、お妾さん？」

「口さがない雀《すずめ》もおりますでしょう。先代の殿様とおつきあいがあった方ですから、滅多《めった》なことはないとは思いますけど。……とにかく世の中が狭いのには、びっくりしました」

「……ほんとにねぇ」

まさを見送った後、さゆはぼーっとしてしまった。

俊一郎が蒲公英にやってきたのは六月の末だった。そのときに、隠居所のことなど、ひとこともいっていなかった。

俊一郎はひとりものだ。息子は長崎に赴《おもむ》き不在とはいえ、嫁や孫と一緒のほうが暮らしやすいにきまっている。それが隠居所に移るというのなら、それ相応の理由があるのだろう。

「お妾さん……まさかね」

俊一郎に限ってそんなことはあるまい。だが、ありえない話ではない。

年配の男が蒲公英に顔をだしたのは、翌日の昼下がりだった。暖簾《のれん》をあげ、男は軽く会釈《えしゃく》した。

「ごめんください。こちらに、おさゆさんはいらっしゃいますか」

「さゆは私でございますが」

男は外に立ったまま、中に入ってこない。

さゆが前掛で手を拭《ふ》きながら出ていくと、男は渡辺家の下男だと名乗り、胸元から一通の書状を出して手渡した。

「ご覧いただけますか」

「今でございましょうか」

表書きに「さゆ殿」とあり、裏をひっくり返すと「俊一郎」と書いてある。

「少々お待ちくださいませ」

男にいいおいて、さゆは急いで茶の間に入り、文《ふみ》を開いた。『八月十二日の七つ半（午後五時頃）より、両国《りょうごく》の河内《かわち》屋で花火見物はいかがでしょうか。よろしければ、迎えの駕籠《かご》をさしむけます。よき返事をお待ちしております　俊一郎』とある。

昨日、まさから俊一郎が湯島に隠居所を設けようとしていると聞いたばかりだ。嘘かほんとかわからないものの、妾の噂まで聞かされて、さすがにむしゃくしゃして昨夜はなかなか眠れなかった。それが本当なら、俊一郎のことなど、なかったことにしようとさえ思った。

さゆはしばらくの間、そのまま座っていたが、顔を上げると文を飾り棚の引き出しにしまい、再び店の外に向かった。

「で、お返事は」

「……伺わせていただきますと、お伝えくださいませ」

「承りました。それでは」

男は一礼し、帰っていく。

さゆが承諾したのは、先日、俊一郎が来た時に花火の話をしたことを思い出したからだ。

——おさゆさんに見せたいなぁ。

俊一郎はそういっていた。その言葉が胸の中に残っていた。

「おばあさん、団子を二本とお茶をおくれ」

「おれも」

外の腰掛に座った男たちの声で、さゆははっと我《われ》に返った。

「ただいま。お持ちいたします」

餅箱から団子を四本、網にのせ、さゆは冷茶を自分の湯呑《ゆのみ》に注《そそ》ぎ、口に含んだ。喉《のど》が渇《かわ》いていた。

団子を焼き、お茶を出しながらも俊一郎のことを考え続けた。

行くといったものの、それでよかったのか。

俊一郎はお妾さんを囲うつもりなのか。

それなのに、さゆにまでちょっかいを出している？

だいたい、こんなばあさんにちょっかいなんかかける？

もしかして自分はやきもちを焼いている？

なんでこんなにもやもやするのか。

でもやっぱり、また会いたい……。

宗一郎《そういちろう》との仲について尋《たず》ねた時、鮎《あゆ》がただ「会いたい」といったのを思い出した。十六の娘と同じ気持ちだなんてと、苦笑が広がった。

夕方、小夏《こなつ》がやってきた。小夏はざるを抱えていた。

「今日も暑かったわね。これ、お裾分《すそわ》け。今日のお菜《さい》にでも食べてくださいな」

ざるには茄子《なす》と青唐辛子《あおとうがらし》が入っていた。茄子も青唐辛子もはりと光沢があり、いかにもみずみずしい。

「いつもご馳走《ちそう》様になっちゃって」

小夏は腰掛に座り、ふうっとため息をつく。

「うちのお勝《かつ》はあれでしょ。この茄子、どうするのって聞いたら、味噌汁と、漬物だって。もうちょっと気の利《き》いたもの、思いつかないものかしらね」

「あら、どっちも美味しいじゃない」

「昨日もおとついも茄子の味噌汁だったのよ。いやになっちゃう」

「油揚げや厚揚げを入れた茄子の味噌汁、私、好きだけど」

「それならまだいいけど、お勝のは茄子だけ。あ～～、びっくりするほど美味しいものが食べたい。毎日、茄子だけの味噌汁じゃいやだ」

それなら小夏が自分で作ればよさそうなものだが、嫁姑が台所に立つのはもめごとの元だと、小夏は決して手を出さない。ただ、勝の料理をぼろくそにいうのは、さゆの前でだけと決めてもいる。さゆが決して、ほかに噂を流さず、その胸ひとつにおさめることを知っているからだ。

だが、小夏がただのわがままな家付き姑ではないことを、さゆはわかっている。

小夏は長年、亭主とともに江戸の大店《おおだな》を仕切ってきた商売人であり、情に厚く、いざとなればまっすぐ筋《すじ》を通す潔さも併せ持つ気持ちのいい女だった。

家族に囲まれて暮らす小夏と、ひとりもののさゆ。毎日のように顔を合わせても飽きないのは、取り巻く状況は違っても互いへの深い信頼があるからだ。

「小夏ちゃん、明日、おふくさんと伊兵衛《いへえ》さんをつれて、浅草《あさくさ》の奥山《おくやま》に水芸を見に行くんですってね。伊兵衛さん、すごく楽しみだって今日、ウキウキしていらしたわよ」

「大人の遠足《とおあし》ってとこね。旗《はた》はもたないけど」

手習い所の遠足の風景が浮かび、さゆは微笑んだ。

手習い所の遠足は年に春と秋の二回。春は上野《うえの》の山での花見、秋は学問の神様が祭られている湯島天神《ゆしまてんじん》に行き、文字を書き、奉納《ほうのう》するものと決まっている。先頭を歩く男の子が手習い所の名を書いた旗を掲げ、子どもたちが続き、師匠が最後尾を歩くので、遠足の一行だとすぐわかった。

「せっかくだもの、浅草で美味しいものを食べてらっしゃいよ。天ぷらでも鰻《うなぎ》でもいいじゃない」

「それも悪くないけどさ、私が食べたいのは、両国の河内屋の会席料理みたいなものよ。～～白魚の四つ手も春の柳ばし、よくつり舟やつなぐ河内屋～～トンテンシヤンって、歌にも詠まれているでしょう。今は春じゃなくて夏だけど。あの店、板前が変わってすごく味がよくなったって、評判なのよ」

節《ふし》をつけて小夏がいったので、さゆは思わずぎょっと首をすくめた。よりによって小夏の口から河内屋の話が飛び出すとは思わなかった。

「ん、どうしたの？」

小夏が言葉を切り、さゆをじっと見た。

「どうしたのって？」

「何かあった？　いいことか悪いことかわかんないけど、何かあった？」

「何もないわよ」

すっとぼけたさゆの顔を小夏が覗《のぞ》き込む。危ないと、さゆは気持ちを引き締めた。小夏は鼻がきくのだ。色恋には特に。

そのとき、裏で声がして、小夏が振り返った。夏のことで戸は開けっ放し。声は筒抜《つつぬ》けである。

「すまねえが、そこの自身番まで来てくれねえか。例の盗人の手掛かりになるかもしれねえ男の人相書きを頼みたい。人助けだ。ひと肌脱いでくれ」

友吉《ともきち》だった。

「あい。ただ今」

るりの声が続く。小夏が、へっと息を呑《の》んだ。

「どうしたの、あのふたり。あんだけ喧嘩《けんか》してたのに」

「このごろ、そうでもないのよ」

「どういう風の吹き回し？」

小夏は頬に手をあてる。

「友吉さん、おるりさんの扱い方がちょっとわかったって」

なんのために、どこで、何をするかってことをきちんといえば、るりともめごとになりにくいという友吉の話を、さゆは小夏にいって聞かせた。

「そうだったの？　そんなこと、今の今まで気が付かなかった。長いつきあいなのに。……友吉さん、たいしたもんだね。あれで苦労人だから」

「……私も友吉さんからいわれて、そうなのかと思った口だわ」

「近ごろ友吉さん、稲葉《いなば》屋のおとっつぁんとも手打ちをしたってさ」

小夏が身を乗り出していった。

「おとうさん、お体お悪いとか。友吉さんがときどき顔を見に行くようになったって、おるりさんがいってたようだけど。病《やまい》になって、家を出た息子のことが気になられたのかしら」

小夏は腕を組み、ふふんと鼻を鳴らした。

「そう簡単じゃなかったみたいよ。親子や兄弟がいったんこじれれば、間をときほぐすのは大変だもの。ぐれて家を出ちまった息子のために、おとっつぁんは商いをほっぽりだして必死に奔走《ほんそう》したの。それなのに、いざ解き放ちになると、友吉さん、家なんかには金輪際《こんりんざい》帰らねえって啖呵《たんか》切っちゃって。それから何年も絶縁してたんだもの。……でも、ふたりの仲を取り持ってくれた人がいたのよ。稲葉屋さんが寝付いたと知って、佐太郎《さたろう》親分が出張ってくれたんだって」

「佐太郎親分って、隠居した？」

佐太郎は荒れていた友吉を引き取ってくれた先代の岡っ引きだ。佐太郎は友吉を下っ引きとして仕込み、隠居するときに友吉を後継の岡っ引きに選んで、町をゆだねた。

「そう。佐太郎親分は、友吉さんがどんだけがんばってきたかって、稲葉屋さんに滔々《とうとう》と話して、仲直りするなら今しかないといったらしい。友吉さんにもよ。これを逃したらもう後はない、おまえはそれでいいのかって、説得したってよ」

「なかなかできることじゃないわ」

「それからだって、いろいろあったの。友吉さんが佐太郎親分に背中を押されてしぶしぶ実家に顔を出したのに、おとっつぁんは友吉さんに輪をかけて根がまっすぐらしくてさ。息子が改心して戻ってくる気になったと誤解しちまって。真人間になったのなら、すぐに家に帰ってこいって友吉さんに頭ごなしにいって、一時はまた険悪になりかけたんだって」

「似たもの親子だわ」

「懲《こ》りないところもそっくり」

「でも家に戻って、友吉さんに何をしろっていうのよ。友吉さん、もう二十七でしょ」

「これから商売を覚えることだってできる、今の友吉なら養子先だって見つけられるって、おとっつぁんはいったんだって」

　さゆは小夏と顔を見合わせた。

「できる？　商いを？　ずっと岡っ引きしかしてなかった人が？」

「さあ……簡単ではないでしょうね」

　ふうと短く息をはき、小夏が続ける。

「いずれにしても、友吉さん、岡っ引きを続けていくといって、きっぱり断ったんだって。最後にようやく、おとっつぁんが折れたそうよ」

「しょうがないわよ」

「それで終わりじゃないの。あとがあるのよ」

　小夏はぐっとさゆに顔を寄せた。

「おとっつぁん、それなら友吉さんに持ち物の長屋をやるっていったの。ちゃんとした仕事を他に持っていないんじゃ、いずれ食っていけなくなるだろうからって」

「まあ、ありがたい話じゃない」

岡っ引きは体ひとつが頼りの仕事だ。体がきかなくなれば、たちまち干上がる。女中だって、棒手《ぼて》ふりだって、お店者だって似たようなものだけれど。

「断ったのよ、友吉さん。それも」

小夏は頬杖をついて、ぼそっといった。

「なんで？」

「友吉さん、やらなくちゃならないことがあるって。その落とし前をつけるまでは、実家の世話になるわけにはいかねえって、はねつけたんだって」

「落とし前って？」

「さぁ……さすがのおとっつぁんも鼻白《はなじろ》んで、もう好きなようにしろって。私ならありがたく、長屋をもらっておくのに」

小夏はため息をついた。

「意気地《いくじ》があり過ぎるってのも、良し悪しだわねぇ」

さゆの口からも、ため息がもれた。

夕方、暖簾をおろすと、湯屋に行き、さゆは台所に立った。

まず、青唐辛子を輪切りにして、昆布《こんぶ》少々と醬油《しょうゆ》につける。しばらくおけば、ご飯にかけてもよし、冷ややっこにかけてもよしの青唐辛子の醬油漬けがこれだけで、できあがる。みょうがや大葉を加えれば、変わり味も楽しめる。

　それから、茄子のヘタを落として、一口大の乱切りにして水にさらし、残りの青唐辛子をまた輪切りにした。

鍋にごま油をひき、水をきった茄子を炒《いた》め、油がまわったところで、青唐辛子を加え、味噌と砂糖と酒を混ぜ合わせたたれをざっと混ぜ、茄子がしんなりしたところで、火からおろす。

手早く豆腐とわかめの味噌汁も作った。

小鉢に炒め物を盛り付け、大葉の千切りをちらしたとき、るりが戻ってきた気配がした。

「おかえり。友吉さんのお仕事、終わったの？　ご飯、どうした？」

勝手口から首を伸ばし、さゆはるりに声をかけた。

「湯漬けでもかっこもうと」

「よかったらお菜、持って行かない？　茄子と青唐辛子の味噌炒めがあるわよ」

るりは首をすくめるように頭を下げる。

「いただきます。今、器を……あれっ」

一度家に入ったるりが皿を持ってすぐに出てきた。皿の上には稲荷《いなり》寿司が十個も並んでいる。屋台で売っている大きなものではなく、二口か三口で食べるような小ぶりの品のいい稲荷寿司である。

「どうしたの、それ？」

「置いてあった」

「誰かいらしたなんて気が付かなった」

るりの顔に笑みが広がる。

「どこからどう見ても、おっかさんの十八番《おはこ》の稲荷寿司だ。おっかさん、作って持ってきてくれたんだ」

その晩は、さゆとるりはふたりで膳《ぜん》を囲んだ。たれが染み込んだ稲荷寿司は甘く優しい味がした。

二日後の昼前、伊織と友吉が蒲公英に顔を出した。先日とらえた盗賊の一味の女中が連中のねぐらを白状し、そこに潜伏していた三人をお縄にしたという。

「四谷《よつや》の無人の古寺に潜んでいやがった」

「お金は見つかったんですか」

るりが伊織に尋ねる。

相手が与力だろうが、るりは遠慮がない。友吉が、もっと丁寧な言葉をつかえといいたげな顔をしていることにも気づかない。当の伊織もそんなことには頓着《とんちゃく》しない性分なので、冷茶を飲み干すとさらっとるりにいった。

「幾分《いくぶん》はな」

亀戸村《かめいどむら》の庄屋《しょうや》、湯島天神下の銀細工屋、向島《むこうじま》の料理屋、肥前《ひぜん》屋の四軒から、合わせてざっと八百五十両もの金が盗まれている。古寺の内陣の床下に、そのうちの二百両が隠されていたという。

「三人はそれぞれ、ある男に声をかけられて仲間になったらしい。ふたりは江戸者だが、ひとりは西から連れてこられたといっている。狙いの店を知らされるのは、盗みを決行するわずか二日前だったと」

「声をかけて、全部を仕切っていた男が頭《かしら》で、今も逃げているっていうんですね」

伊織がさゆにうなずいた。

「そのようだ。頭がひとりですべての手はずを整え、あとのやつらはただの手足。二百両は三人の稼《かせ》ぎ分だろうな」

るりが友吉を見た。

「じゃ、あとの金は頭が全部？」

「ああ。もう高跳びしているかもしれねえ」

「……その三人、どうしてそんなところにいたんでしょう。普通、盗み働きを終えたなら、ばらばらになって逃げるとかするもんでしょう」

そうつぶやいたさゆに、伊織が答えた。

「済んでいない盗み働きがほかにあったのかもしれん。頭はなんらかの方法で元女中が捕まったのを知ったんだろう。自分が逃げるのが先で、手先だった三人に伝える間がなかったのではないか。古株の同僚によると、十年前にも似たような事件があったそうだ。そのときも賊の頭はつかまらなかった」

友吉が苦い顔になった。

明日には、読売《よみうり》が一連の話を仰々《ぎょうぎょう》しく書き立てるだろうと伊織は続ける。

「そしたら、次に狙う店に潜伏していた盗人の手先は尻に火がついて、姿を消すやもしれん」

伊織はそういって団子をがぶりとほおばった。

その午後、さゆはるりに店番を頼んだ。

「暖簾をおろす時刻までには戻ってきます。その間、店をお願いできるかしら」

るりが快諾してくれたので、さゆは昼をすませると、本町《ほんちょう》一丁目に向かった。

行先は実家・いわし屋だった。

店先で箒《ほうき》をかけていた小僧《こぞう》がさゆに気づくと、頭をさげ、あわてて店に戻り、大声で叫んだ。

「ご新造様、おさゆさまがお戻りになりました」

表に飛んできた嫁のきえとともに店の脇を通り、奥に向かう。

「お久しぶりでございます」

「おかえりなさいませ、おさゆさま」

蔵と店を行き来する小僧や手代《てだい》が、さゆに次々に頭を下げる。薬を積んだ大八車《だいはちぐるま》が慌ただしく出て行ったかと思うと、薬草を積んだ大八車が入ってくる。あいかわらず、いわし屋は活気に満ちていた。

「おさゆさま。御用がございましたら、こちらから伺いましたのに」

「着物を二、三枚、向こうに持っていこうと思いましてね。着たきり雀で……」

実をいえば、さゆは俊一郎と花火見物の日に着る着物を吟味しにきたのである。

「お手伝いさせていただきます」

「ひとりで大丈夫よ。そのほうが気楽だから」

だが隠居所の自分の箪笥《たんす》を見て、さゆは心底、がっかりした。

箪笥の中にあるのはほとんどが普段着ばかり。美恵《みえ》のお供《とも》で出かけるときに身に着けたやわらかものもあるにはあったが、主《あるじ》より派手《はで》なものを着るわけにはいかず、ひどく地味なものだけが簞笥に納まっている。

地味な着物でも若ければ粋《いき》にも変わる。着物一枚帯三本といわれるように、組み合わせで本来、着物は何通りも楽しめるが、中身がくすんでいれば、材質や色合いなどによほど気を配らねば、地味なものはおもしろみも見どころもない沈んだ印象になってしまう。

心浮き立つ着物が一枚も見つからず、こんなことなら、小夏を見習って、春に一枚くらい新調しておけばよかったとさゆは唇をかんだ。

だが、花火見物はすぐそこに迫っている。待ったなしだ。

「おきえさん、おっかさんの着物、見てもいいかしら」

「おばあさまの？　はい。すぐに蔵の鍵をお持ちいたします」

お茶と茶菓子を持ってきたきえは取って返し、蔵の鍵をもって戻ってきた。

さゆの母は着道楽で、呉服屋がしょっちゅう出入りし、いずれ娘のさゆが着てくれるから着物はいくらあってもいいのよといって、季節ごとに新調していた。

さゆが宿下がりのときには、呉服屋を呼び、しきりに華やかな反物を勧めたが、さゆは着る機会がないからいらないといった。遠慮したわけではない。着る機会の少ないものなど、贅沢《ぜいたく》が過ぎると思ったからだ。

だが、親の気持ちは違ったのではないかという思いが、ふとさゆの心によぎった。母は娘らしい着物を身に着けた、娘の姿を見たかったのではないか。母にしたら、自分はかわいげのない娘だったのではないか。

親の心、子知らず。友吉だけではない。自分だってそうだ。年月を重ねなければわからないことだってある。

そんなことを思いつつ、さゆは白壁の土蔵の錠前を外した。

重い扉を開くと、蔵の中に光と風が入り、小さな埃《ほこり》の粒がふわりと舞い上がった。少し湿った、しんと沈んだ匂いがする。

多くの道具類が役目を終え、ひっそりとたたずんでいた。かつての賑《にぎ》わいの残り香とそれからの時間が入り混じったような匂いだ。

中に入ったさゆは母の桐《きり》の箪笥を見つけると、引き出しに手をかけた。中にぎっしり入っているのだろう。取っ手を握《にぎ》っただけで重さが伝わってくる。さゆは腰を少し落とすと、力をこめて引き出しを前に引いた。

懐かしい着物が次々に出てきた。

その中に、晩年の母が好んで着ていた能登上布《のとじょうふ》の着物を見つけた。生成《きな》りに細い藍の縞《しま》と十字の絣柄《かすりがら》で、蟬《せみ》の羽のような透《す》け感がある。絽《ろ》や紗《しゃ》のほうが格上だが、さりげなくそれでいて洒落《しゃれ》ている。麻《あさ》の白の長襦袢《ながじゅばん》を合わせれば涼感も増すと思われた。

さゆは広げた風呂敷に、能登上布の着物をとり置いた。

次に目を止めたのは麻地の夏帯だった。ざっくりした張りがあり、灰みがかった薄青の地色に、青の鉄線がすっきりと描かれている。

「ちょっと私には派手かしら」

大丈夫。似合うわよ。

母親の声が聞こえたような気がした。さゆは父親似で、鼻も目も顔も丸いが、母はどちらかといえば狐顔で、七難隠すを地で行く白い肌が自慢だった。どんな着物も、母が着ると華やいでみえたものだ。

着物を手に取ると、母と話をしているような、甘やかされていた娘時代の気持ちがよみがえるようだった。

母の着物を着て、俊一郎に会いに行くのはどうかとも思ったが、母は自分の着物をさゆが着ることをただひたすら喜んでくれる気がした。

白に近い淡《あわ》い水色の帯揚げと、それよりちょっと濃い目の帯締めも選んだ。

露草《つゆくさ》色の単衣《ひとえ》の小紋《こもん》、波の柄が涼《すず》しげな墨色の夏帯も取り分ける。

そのとき、鮎《あゆ》の声が聞こえた。

「大叔母さまがいらしているって聞いて」

蔵に入ってきた鮎はしゃがみこみ、能登上布の着物や夏帯を手に取り、さゆを見上げた。

「この能登上布、素敵だわ。夏帯もぴったり。お出かけですか？」

「眺《なが》めているだけでも楽しくてね」

ぎくっとした思いを隠し、さゆはうなずく。

「ほんと、見てるだけで楽しいですよね。……大おばあさま、着道楽だったんですよね」

鮎は自分で縫った花織《はなおり》のお召しに、さゆの母で鮎の曾祖母《そうそぼ》の若緑の麻の帯を締めていた。

「その着物と帯……」

「大叔母さまがいらっしゃってるって聞いて、あわてて着替えましたの。お見せしたくて」

「よく似合ってる。帯もぴったりね。すごくきれいよ」

うふふと鮎は娘らしく笑う。

「他の箪笥もご覧になりますか？」

「この二枚で十分。また涼しくなったら、そのときに着物を見に来ますよ」

すると、鮎は蔵の板の間に座りなおし、話したいことがあると切り出した。宗一《そういち》郎《ろう》の話に違いなかった。

「宗一郎さんとのこと、おきえさんには伝えたの？」

さゆが静かに聞くと、鮎は首を横に振った。

「おっかさまではなく、宗一郎さんに全部打ち明けたんです」

「全部？」

「お見合いをしてもいいと親にいってしまったので、このまま会い続けることはできないって」

すると、いきなり「そんなのいやだ」と、宗一郎は子どもが駄々をこねるようにいい、真剣に話を切り出したという。

宗一郎にも、見合い話は山と持ち込まれていたが、そのどれにもうなずかずにいたという。それは、一緒になってもいいと、心底から思える娘を見つけたかったからだ、と。

「宗一郎さんのおっかさまは、十年ほど前に病で亡くなったんだそうです。おとっつぁまとおっかさま、すごく夫婦仲がよかったんですって」

母親は以前、柳橋《やなぎばし》の売れっ子芸者で、着物を見る目が肥《こ》えていた。

「それで宗一郎さんのおっかさまは陰になり日向《ひなた》になり、おとっつぁまの商いを支えなさっていたんですって。問屋はただ反物の仕入れをすればいいわけではなく、これからの流行《はやり》も見定めなければならないそうなんです。おふたりで反物の産地までよく出かけて、新しい図案を頼んだりもしたんですって。宗一郎さんは、ご両親のような夫婦になれる人をずっと探していたといったんです」

見合い相手と話があうかもわからない。着物が好きかどうかもわからない。

自分の目で確かめたいと、見合い相手をこっそり見に行ったりもしたが、これぞという娘は見つからなかった。

そうこうしているうちに、家の前を二日に一度往復する娘がいることに気が付いた。着物姿は申し分ない。楚々《そそ》としたたたずまいにも惹《ひ》かれた。そして、その娘が以前、見合いを断った、いわし屋の鮎であるとわかった。

「私が立ち寄っていると知って蒲公英に顔を出したんですって。初対面の時、私、相当不愛想だったと思うけど、……この花織のお召しの話をしたでしょ。そのときから私のことが忘れられなくなったんですって。着物のことだけでなく、私にほの字に……きゃっ」

小さく叫ぶと、鮎は袖でぱっと顔をかくした。だが口は止まらない。

――一緒になってほしい。ずっと一緒にいたい。お鮎ちゃんと話していると誰と話すより楽しい。着物のことも、店のことも、なんでも打ち明けられる。夫婦になろうや。

「宗一郎さん、そういってくれて」

「それで鮎は？」

「……はい、って……」

袖をひるがえし、また顔を隠しなおす。

「お受けしたんだ」

「……それで今日、難波《なんば》屋さんとの間に立ってくださる人が、うちに話をしに来てくださることになってるんです」

「仲人さんってこと？　今日？　今から？」

こくんとうなずき、また袖で顔をかくす。

「宗一郎さんが全部自分にまかせとけって」

鮎の声に喜びがほとばしっている。

奥があわただしくなったのは、ちょうどそのときだ。

ふたりして様子をうかがっていると、きえが蔵に入ってきた。

「鮎の見合い話を持ってきてくださった方がいらして、そちらさまを座敷にお通ししました。おさゆさまに座敷でお茶を差し上げようと思っていたのですが、茶の間でもよろしゅうございますか。申し訳ございません」

「私は茶の間で一服ちょうだいしたら、帰りますので、おかまいなく。で、お見合い話って？」

さゆは鮎に目で合図を送りながら、きえに尋ねた。

「一度、お断りした方なんですよ。お相手は難波屋さんという呉服問屋の息子さんなんですけどね……。どういうつもりなんでしょう、二度も話を持ってくるなんて、験《げん》が悪い。お断りすることを思うと、気が重くって。二度断ったら、向こうさまもさすがに気を悪くなさるでしょう。ほんとにやっかいなことで……」

鮎は顔をあげた。

「おっかさま、私、そのお話、お受けします」

「えっ！」

きえがのけぞる。

「今、なんて」

「私、宗一郎さんに嫁ぎます」

これ以上ないほど目を見開いているきえの前で、鮎とさゆは顔を見合わせて、微笑んだ。

その日、さゆは早めに暖簾をおろすと、能登上布の着物に着替え、鉄線の夏帯を締めた。髪をなでつけ、美恵《みえ》からもらった翡翠《ひすい》のかんざしをさした。

昨日、遣いの男が駕籠を何時にさしむければいいかとわざわざ尋ねにきたが、さゆは歩いていくので駕籠はいらないと断った。

まだ夏の空は明るい。店を出ると、伊勢町堀《いせちょうぼり》に向かった。堀にそって白壁の蔵がぎっしり立ち並び、それらを取り扱う問屋や商店が軒《のき》を並べている。

堀の鉤《かぎ》の手《て》のところにかけられた道浄橋《どうじょうばし》を渡り、大伝馬町《おおでんまちょう》の通りを両国広小路《りょうごくひろこうじ》に出た。行きかう人は少なく、ほとんどが両国広小路を目指す人ばかりだ。思い思いの浴衣を着た若い娘や女房、湯屋にいってきたのかつるっとした顔の男、年老いた母の手を引く息子など、さまざまだが、みな、花火見物を前に胸を躍《おど》らせているように見える。

さゆの前を歩いているのは、さりげなく手をつないで歩いている若い男女で、まるで鮎と宗一郎のようだった。

先日のきえとのやりとりを思い出した。

鮎が、宗一郎とすでに付き合っていると知ったきえは、角をつきだした。

――嫁入り前の娘が、男としょっちゅうあっていた？　ふたりで一緒になると申し合わせていた？　知らなかった。鮎がそんなことをしていたなんて。

――ごめんなさい。でも……。

鮎が頭をさげても、きえの頭に上った血はさがらない。

――町で話しかけるなんて、そんな男は女にだらしないに決まってる。ほかの娘にも粉をかけているにきまってますよ。いわし屋の娘も軽く見られたものだ。一緒になったら苦労しますよ。

きえはたいていのことにはおおらかなくせに、娘だけには、しゃくし定規《じょうぎ》になるきらいがある。この手の話はその最たるものだ。

――おきえさん、落ち着いて。お鮎の話を聞いてあげてくださいな。

思い余ってさゆが言葉をはさむと、きえはさゆにもとがった声を出した。

――もしかしておさゆさま、ふたりのこと、ご存じだったんですか。ご存じで、黙ってらしたんですか。

むっとする気持ちを抑え込んで、さゆはきえに向き直った。

――今、さっきこの蔵の中で聞いたばかりですよ。私だってたまげました。けどね、考えてみたら、いいお話じゃないですか。顔も知らない人と一緒になるのが当たり前とされてるけど、考えてみればそんなの、大博打《おおばくち》ですよ。いくら他人口がよくても、どんな人かなんて、一緒に暮らしてみるまでわからない。こんなはずじゃなかったっていう話が巷《ちまた》にあふれてますよ。ふたりで話してみたら、案外話が合い、何度か会ううちに離れがたくなって、このお鮎が所帯を持ってもいいと思えた。そして仲人さんが改めて正式に申し入れにきてくれた。喜んであげましょうよ。この話を、お鮎のために。

さゆが言葉をつくしていうと、きえは黙り込み、やがて鮎を見た。

――お鮎、ほんとにそれでいいの？

――……はい。宗一郎さんは優しいし、私は着物が大好きだから呉服問屋への嫁入りは願ってもない話だと思います。

帰り際、鮎は目を潤《うる》ませて、さゆの手をぎゅっと握った。

――大叔母さまが味方になってくれなかったら、どうなってたか。

――私がいてもいなくても、話はきっとまとまりましたよ。お鮎の気持ちが決まっているんですから。

――おっかさまがへそを曲げるといつも大変なんです。こういう話はおとっつぁまはおっかさまのいいなりだし。……一瞬、かけおちという言葉が頭をよぎって、肝が冷えました。

――かけおち？　そんなこと、お鮎にさせるものですか。おきえさんだって、話せばわかる人ですもの。娘が大事だから、かわいさあまって、声を荒らげただけの話。今はこれでよかったって思ってくれますよ。

――宗一郎さんを気に入ってくれるといいけど。

――気に入りますとも。お鮎を大切にしてくれる人なんでしょ。

鮎は頰を染めてこくんとうなずくと、上目遣いでさゆをみた。

——またお店に行っていいですか。

　——いつでもふたりでいらっしゃい。待ってるから。本当におめでとう。

　男がおもしろいことをいったのか、前を歩いていた娘が横顔でうふふと笑う。小粒の白い歯がこぼれた。

河内屋は大川《おおかわ》に面した風雅《ふうが》な料理屋である。揃《そろ》いの法被《はっぴ》を着た出迎えの男たちが門の前で待っていた。さゆが名のると、「お待ちしておりました。こちらへ」と、すぐにくぐり松の下に招き入れられ、玄関で中居《なかい》にひきつがれた。

二階の一室の前で中居は膝をついた。風を通すため、ふすまが外されている。外を見ている俊一郎の後ろ姿が見えた。

「お連れ様がお見えになりました」

さゆも腰をおろし、手をついた。俊一郎は組んでいた腕をほどいて、人懐っこい笑顔になった。

「お招きいただきまして、ありがとうございます」

膳と座布団《ざぶとん》は窓に向けてすでに並べておいてあった。

「こっちにいらっしゃい。眺めがいい」

俊一郎はさゆを手招きした。障子《しょうじ》の外は一尺《しゃく》ほど板張りになっており、低い手すりがついている。

「まあ、ずっと先まで川が見えますこと」

俊一郎の後ろに立ち、さゆは身を乗り出した。

眼下の大川には、花火見物の屋根舟や屋形舟がたくさん浮かんでいた。そのすきを縫うように、荷を運ぶ舟や猪牙舟《ちょきぶね》が行きかっている。

向こう岸の料亭や茶店の赤い提灯《ちょうちん》、軒行灯《あんどん》にぽつんぽつんと灯りがともり始めている。とっておきの浴衣を着た人々が団扇《うちわ》を使いながら、両国橋をゆっくり歩いている。その笑顔まで見えるようだった。

空の青みが消え、白っぽくなりはじめており、かすかに潮《しお》の匂いがする風が吹いていた。どこからか風鈴の涼しげな音が聞こえる。

振り向いた俊一郎は優しくみつめた。

「よく来てくれましたね」

「はい」

思い切って出てきてよかったと思った。俊一郎と外の店で会うなんて、はじめてだった。

逢引き……そんな言葉がぽろりと胸から飛び出て、頬が熱くなる。鮎のことをたまげたといってしまったが、さゆだってそうだ。還暦《かんれき》も近い自分が、こんな大胆なことをしでかしているとは信じられない。

膳に料理を並べていた女中が、ふたりに声をかけた。

「まもなく花火が上がります。どうぞ、おはじめくださいませ」

西のほうがほのかに赤く染まりかけていた。その茜《あかね》色が川面に反射し、小さな三角波がきらきらと色石のように輝いている。

俊一郎はさゆが客だからと、床の間に近い席を勧めたが、とんでもないとさゆは入口のほうの座布団に座った。

俊一郎は徳利《とっくり》を手に取ると、さゆに酌《しゃく》をした。あまりに自然なしぐさだったので、盃《さかずき》についでもらったあとで、さゆは自分が先に俊一郎に酌をすべきだったと身をすくめる。

「申し訳ありません。私ったらうっかりして……」

「ふたりだけなんですから、どっちが先かなんて気にするのはやめましょう。ついでくれますか」

あわてて、さゆは俊一郎に酌をする。

「ん、剣菱《けんびし》だな。うまい。おさゆさんもくっとあけて。確か、いける口なんですよね」

「いける口だなんて」

「昔、池田《いけだ》の大殿《おおとの》が笑ってらっしゃいましたから。おさゆさんは食べ物だけでなく、酒もうまそうに飲むって」

「あら、そんなことを大殿様が？　いやですわ」

そういって、さゆは盃に口をつけた。水菓子のような甘いにおいが鼻をくすぐる。口に含むと、濃厚ながらすっきりとした味わいが広がった。

「美味しい」

「ほらね」

俊一郎がさゆを見て微笑んだ。

膳には豆腐料理が並んでいた。ひとつは「玲瓏豆腐《こおり》」だ。豆腐を寒天で包んだもので、酢味噌《すみそ》が添えてある。姿も涼しげで、つるっとしたのど越しがいい、夏のもてなし料理だ。

さゆは玲瓏豆腐を口にするなり、目を見開いた。ただの寒天ではなかった。鰹節《かつおぶし》と昆布《こんぶ》のうまみがほどよく溶け込んでいる。

「出汁がきいている。こんなのはじめて……」

思わずさゆがつぶやくと、我《わ》が意を得たりとばかり、俊一郎がうなずいた。

「食べて驚くおさゆさんの顔が見たかったんだ」

子どものような顔で、俊一郎は笑った。

続いてさゆは田楽《でんがく》の串に手に伸ばした。田楽は木の芽田楽と梅味噌田楽の二種類である。

最初に手に取ったのは木の芽田楽だった。豆腐に赤味噌を塗り、木の芽をのせてある。それを口にしたさゆの目がまたもや大きくなる。

赤味噌はすってあり、なめらかな口当たりだ。その中にかすかに胡桃《くるみ》とキビ糖の風味が感じられた。こくのある、優しい甘みとさわやかな木の芽の香りが体にしみわたるようだ。

梅味噌田楽も絶品だった。

「この味わい……」

俊一郎がさゆを見て、またにやりと笑う。

よくある梅干しを味噌に加えたものではなかった。

「……梅味噌ですね」

「梅味噌とは」

俊一郎がたずねた。

「完熟梅を甘味噌に漬けたものなんですよ」

「ほ～っ。おさゆさん、作ったことがあるんですか」

「池田さまに奉公《ほうこう》していたとき、何度か。でも、この塩梅《あんばい》は格別でございます」

両国界隈で話題の店だけあって、河内屋の料理はどれも期待以上だった。

何より、俊一郎が相手だと、料理の話がつきない。食べてはしゃべり、飲んでは話して笑いがこぼれる。

平目のおつくりには、煎《い》り酒と醬油が添えられていた。梅干しと鰹節を酒に入れて煮詰めた煎り酒は上品な塩味《えんみ》と、ほのかな香りと酸味で、とろりとおつくりにからまり、淡白な平目を引き立てる。一方、醬油はコクがあり、同じ平目でも、まるで違うものを食べているようだった。

そのときだった。

どんと外で音がして、花火があがった。

おおっと人々のどよめきが続く。

俊一郎が立ち上がり、さゆも腰をあげた。ふたりで、窓のそばに座り、いつのまにかすっかり暗くなった空に、大きな花が次々に広がるのを、四半刻ばかり言葉を忘れて見つめた。

「今日の花火はこれまでのようでございますが、お料理はこれからでございます。引き続き、お楽しみくださいまし」

中居の声に促され、また膳の前に座る。

運ばれてきたのは、すずきの塩焼きで、みょうがの薄切りと大葉の千切り、ごま油と味噌を合わせた油味噌の薬味が添えてあった。

盃をとった俊一郎に、さゆは酌をした。

俊一郎がさゆの盃に酒を満たす。

やがて汁ものが運ばれてきた。熱々の「すり流し豆腐」である。

「これは豆腐をすりつぶして、味噌汁にまぜているんですか」

ひと口含んだ俊一郎が、さゆに尋ねる。

「豆腐にくず粉を混ぜて、すり鉢であたっているんだと思います」

「なめらかな舌触りはくず粉ですか、なるほど」

「豆腐百珍で作り方を読んだことはありましたが、いただくのは私もはじめて。……夏に熱いものもいいですね。今度、家でも作ってみようかしら」

「そのときはぜひ。それがしを」

「……はい」

俊一郎のまなざしがやわらかく、さゆを包み込むようだった。

最後に豆ごはんとはまぐりの澄《す》まし汁、茄子ときゅうりの当座漬けが出て、小さな麩饅頭《ふまんじゅう》とお茶でしめくくった。

さゆにはひとつ、俊一郎に聞きたいことがあった。家を出て湯島の隠居所に引っ越すというのは本当なのか、と。

だが、さゆが尋ねる前に、俊一郎はいった。

「今度、湯島に住むことにしたんですよ」

「拝領屋敷をお出になるんですか」

「ずっと前から、一度、町中で気楽な暮らしをしてみたいと思っていたんです。屋敷には奉公人が大勢いるものだから窮屈《きゆうくつ》でね。せっかく隠居したのだから、好きなときに好きなところに行ける暮らしがしたくなりまして」

隠居所に伴うのは、料理と掃除ができる奉公人ひとりだという。

「文を届けた男がおりましたでしょう。あやつに一緒にいってもらうことになりました」

「じゃ、一緒に住むのは男の人なんですか」

てっきり妾だと思ったとは口が裂けてもいえない。

「あっちも五十過ぎのやもめでね。やもめ暮らしに花が咲くのは女だけといわれましたが、むさくるしい男ふたり。それもまた案外おもしろいんじゃないかと」

はた目には旗本の殿様の酔狂《すいきよう》としか映らないかもしれないが、俊一郎らしいという気がした。

「隠居所に移ったら、何をなさるんですか」

「何をしましょうか。そうですね。釣りをしたり、食べ歩きをしたり」

「まあ」

「たまには蒲公英に団子を食べに行き……」

「うちの店に？」

嬉しいけれど、小夏などの常連にうがった見方をされたら面倒だと思った自分は、薄情かもしれない。

俊一郎は万事わかっているとでもいうように、苦笑した。

「おさゆさんの商いの邪魔にならない程度に」

ほっとしたのが顔に出ないといいがと思いつつ、さゆはうなずいた。

「それで……おさゆさんにお願いしたいことが、ふたつあるんです」

「ふたつ？」

「はい。ひとつは……私の食べ歩きに、たまにお付き合いいただきたい」

さゆは俊一郎の目を見つめて、うなずいた。

「次はどこに誘っていただけるんですの」

「江戸じゅうのうまいといわれる料理屋、小料理屋。全部、行きましょう。おさゆさんと一緒なら、何を食ってもうまい。うまい料理がもっとうまくなりますから」

「まあ」

それから、俊一郎はふたりの間におかれたひじ掛けを指さした。

「もうひとつの願いは、……おさゆさん、ここに手を置いてもらいたいんです」

「え？　ここに私の手を？」

「はい」

「どうして」

「お願いします」

さゆがひじかけに手をかけると、俊一郎はその上に自分の手をそっとのせた。

俊一郎の大きな骨ばった手が、ふんわりとさゆの手を覆《おお》っている。

掌《てのひら》の熱がじんわりと伝わってきた。

さゆの体から心から力が抜け、どんどん柔《やわ》らかくなっていくような気がした。

帰りの駕籠に乗るときも、俊一郎はさゆの手をとってくれた。

娘のような気分で帰宅し、勝手口から家に入ろうとすると、るりが団扇を使いながら長屋から出てきた。

「暑くて外で涼もうと思ったら……今お帰りですか」

「そうなの。遅くなっちゃった」

「そういえば夕方、小夏さんがおさゆさんが出かけるのを見たそうで。何か聞いてる？　ってわざわざ私のところに、いらしたんですよ。……素敵な着物ですね。すごく似合ってます。こんなにめかしこんで、どちらに？」

「昔の友だちと出かけていたんですよ。花火を見に」

そういってから、これで小夏にいい逃れができないかもしれないと思った。

「花火。きれいでした？」

「空に咲く花のようでしたよ」

「今度、見に行ってみようかしら」

「ぜひおいでなさいな」

「あ……例の盗人の頭領、捕まったそうです。なんでも須田町《すだちょう》の茶問屋からいなくなった女中と、浅草の裏長屋に一緒に住んでいたとか」

「その女中の人相書きを描いたの、もしかしておるりちゃん？」

こくんとうなずき、るりはちょっと得意げにいう。

「その頭の人相書きも私が描きました」

「頭が誰か、皆目《かいもく》、わからなかったんじゃ……」

「友吉さんに頼まれたんです。十年前、友吉さんをそそのかして、稲葉屋の見取り図を描かせた盗人の頭の人相書きを、この間。手口がよく似ているから、もしかしたらって」

「まさか今回の件も、その男の仕業だったの？」

「十年もたって、それなりに老けてはいたけど、人相書きとそっくりだったって」

お縄になった男は、友吉が「おれが誰だかわかるか」といっても、「そんなやつは知らねえ」と目もくれなかった。

友吉が、自分は十年前に狙っていた稲葉屋の息子だと名乗ると、ケチがついたのはおまえのせいだったかと、友吉を憎々《にくにく》しげににらみつけたという。

「友吉さん、いつか、その男を捕まえたいと思ってたんだって。雲をつかむような話に違いはないけど、自分の手でそいつをお縄にできたら、それからは世の中を大手をふって生きていけるって」

「友吉さんも捕《と》り物に加わったの？」

「似顔絵が決め手になったから、特に声をかけてもらって、必死に駆けて行って、踏み込む寸前に間に合ったって。友吉さん、泣いてました。これでやっと落とし前をつけられたって。私、男の人があんなに泣くの、はじめて見た。それで友吉さん、金一封もだけど、私に色絵具もくださるように、上の人に頼んでくれるって。私が絵具が欲しいって始終いってるから」

るりが恥じらうように微笑んだ。

友吉はこれで重い荷物をおろしたに違いない。父親と本当の和解をするのも、まもなくだろう。

ふるような星空が頭上に広がっている。

そのとき、ひとつ星が流れた。ふたり同時に息を呑む。

「……誰の想いをのせてるんだろ」るりがつぶやいた。愛しい人に会いたいという想いが、流れ星となるといわれていた。

「さあ、誰のかしらねぇ」

俊一郎の手の感触が、さゆの手に残っている。あたたかく大きな手だった。永遠と思うほど長く手を重ねていたような気がするが、ほんの一瞬だったかもしれない。

自分は何者なのか。その答えを見つけたいと蒲公英を開いたのだが、何者でなくてもいいような気がした。

こんなに美しい星空を見上げ、今、ここに立っていられるだけで、さゆは滅法界《めっぽうかい》もなく幸せだった。

本書は書き下ろし作品です。

著者紹介

五十嵐佳子（いがらし　けいこ）

1956年、山形県生まれ。お茶の水女子大学文教育学部卒業。女性誌を中心にライターとして広く活躍。著書に「結実の産婆みならい帖」「読売屋お吉甘味帖」「女房は式神遣い！　あらやま神社妖異録」シリーズ、『桜色の風 茶屋「蒲公英」の料理帖』『妻恋稲荷 煮売屋ごよみ』『麻と鶴次郎 新川河岸ほろ酔いごよみ』などがある。

PHP文芸文庫　想い星

茶屋「蒲公英《たんぽぽ》」の料理帖

2024年3月19日　第1版第1刷

著　者　五十嵐佳子

発行者　永田貴之

発行所　株式会社PHP研究所

東京本部　〒135-8137　江東区豊洲5-6-52

文化事業部　☎03-3520-9620（編集）

普及部　☎03-3520-9630（販売）

京都本部　〒601-8411　京都市南区西九条北ノ内町11

PHP INTERFACE　https://www.php.co.jp/

組　版　株式会社PHPエディターズ・グループ

印刷所　図書印刷株式会社

製本所　東京美術紙工協業組合

ISBN978-4-569-90386-6

PHP文芸文庫

桜色の風

茶屋「蒲公英《たんぽぽ》」の料理帖

五十嵐佳子 著

五十五歳のさゆは隠居生活から心機一転、茶屋を開店する。絶品みたらし団子とお茶、そして聞き上手のさゆが心を癒やす人情時代小説。